Cemitério de elefantes

Obras do autor

234
33 contos escolhidos
A faca no coração
A polaquinha
A trombeta do anjo vingador
Abismo de rosas
Ah, é?
Arara bêbada
Capitu sou eu
Cemitério de elefantes
Chorinho brejeiro
Contos eróticos
Crimes de paixão
Desastres de amor
Desgracida
Dinorá
Em busca de Curitiba perdida
Essas malditas mulheres
Guerra conjugal
Lincha tarado
Macho não ganha flor
Meu querido assassino
Mistérios de Curitiba
Morte na praça
Nem te conto, João
Novelas nada exemplares
Novos contos eróticos
O anão e a ninfeta
O maníaco do olho verde
O pássaro de cinco asas
O rei da terra
O vampiro de Curitiba
Pão e sangue
Pico na veia
Rita Ritinha Ritona
Violetas e Pavões
Virgem louca, loucos beijos

Dalton Trevisan

Cemitério de elefantes

21ª edição

EDITORA RECORD
RIO DE JANEIRO • SÃO PAULO
2014

CIP-Brasil. Catalogação na fonte
Sindicato Nacional dos Editores de Livros, RJ.

Trevisan, Dalton
T739c   Cemitério de elefantes / Dalton Trevisan. –
21ª ed.   21ª ed. – Rio de Janeiro: Record, 2014.

1. Contos brasileiros. I. Título.

77-0397
CDD – 869.9301
CDU – 869.0(81)-32

Copyright © 1977 by Dalton Trevisan

Capa: Poty

Texto revisado segundo o novo Acordo Ortográfico da Língua Portuguesa.

Direitos exclusivo desta edição reservados pela
EDITORA RECORD LTDA.
Rua Argentina 171 – Rio de Janeiro, RJ – 20921-380 – Tel.: 2585-2000

Impresso no Brasil

ISBN 978-85-01-01653-9

Seja um leitor preferencial Record.
Cadastre-se e receba informações sobre nossos
lançamentos e nossas promoções.

EDITORA AFILIADA

Atendimento e venda direta ao leitor:
mdireto@record.com.br ou (21) 2585-2002.

Sumário

O Primo   7

O Caçula   13

Questão de Família   19

A Casa de Lili   23

Angústia do Viúvo   27

Duas Rainhas   31

À Margem do Rio   37

O Espião   39

Uma Vela para Dario   49

O Jantar   53

Ao Nascer do Dia   57

Dinorá, Moça do Prazer   61

Os Botequins   69

A Armadilha   73

Beto   77

O Roupão   81

O Baile   89

Caso de Desquite   93

O Coração de Dorinha   103
Dia de Matar Porco   109
Bailarina Fantasista   113
A Visita   119
Cemitério de Elefantes   123

O Primo

Primeira noite ele conheceu que Santina não era moça. Casado por amor, Bento se desesperou. Matar a noiva, suicidar-se, e deixar o outro sem castigo? Ela revelou que, havia dois anos, o primo Euzébio lhe fizera mal, por mais que se defendesse. De vergonha, prometeu a Nossa Senhora ficar solteira. O próprio Bento não a deixava mentir, testemunha de sua aflição antes do casamento. Santina pediu perdão, ele respondeu que era tarde — noiva de grinalda sem ter direito.

Se não falasse com ela, iria afogar-se no galho da pitangueira. Lavava a roupa, não deixava faltar botão, remendou a calça listada de brim. Mais que ela se enfeitasse, com banho no rio e fita no cabelo, Bento mastigava a raiva no prato de feijão.

Nervoso, comia pouco. Quase não dormia, olho aceso no escuro. A moça estirava-se a seu lado, nada que o pudesse consolar. Não resistindo ao desejo, dispunha dela como de uma dama, sem a menor delicadeza. Aconteceu três vezes, afinal a deixou em paz. Esquecer o agravo não podia, ofendido com o primo. Ah, se ela houvesse contado antes... Quem sabe a perdoara. E berrava palavrão, zumbia a foice no ar, golpeava a laranjeira com o machado.

O retrato de Euzébio em grupo familiar: rostinho assustado de criança. Nada mais descobriu — ela fez cruz na boca. Recortou a silhueta do piá entre as pernas dos adultos, pendurou-a no espelho e, ao fazer a barba, que tanto a estudava?

De gênio manso, agora violento e mau. Na rixa de botequim, agrediu o amigo, arrancou nos dentes pedaço da orelha. Divertia-se matando corvo a tiro. Noite de chuva foi ao potreiro, malhou no cavalo até o estropiar.

Não era o mesmo e, que todos soubessem, deixou o bigode crescer. Ventre em fogo, suor frio escorria da testa. Enrolando o cigarro de palha, a pálpebra direita não piscava sozinha? Usou o chapéu de aba derrubada.

Decidiu entregar a mulher ao sogro Narciso. Merdoso, encheu de cachaça o copo de Bento e, sim, podia receber a filha; pena estivesse fora do prazo. Por que não ficava com a menina, não dona de casa, mas criada de servir? Nojo do velho, Bento cuspiu e esfregou com a bota. Não expulsou a mulher e desgostoso passava os dias; entrando em casa, não a podia encarar. Porque não a olhasse, ela chorava. Insistia na faina, enrolando a massa do pão, o braço enfarinhado até o cotovelo. Ainda mais triste observá-la a furto, as lágrimas escorriam sem que as enxugasse. Intrigado porque não a abandonava, tinha pena dela que, além do mais, estava grávida. Se avisasse o primo que a viesse buscar? Já não sonhava abafar no travesseiro o rosto querido, antes precipitar-se do alto da pitangueira, a corda no pescoço e com berro de ódio.

Ao sair de manhã, depois do café com beiju (comovia-se ao surpreender a enorme barriga de Santina, olho vermelho de soprar as cinzas; a faceirice ingênua que, bem o sabia, já não era para ele e sim para o outro que ia nascer; os dedos rudes no afã de render uma touca — azul ou rosa? —, prestes a iniciar o diálogo sobre a escolha do nome, para sempre esquecido o retrato no canto do espelho), reparou Bento no rapaz de sua idade com o velho Narciso à porta do botequim. Ainda pensou em voltar: nunca se encontrara com o primo e certo de que era ele. Os dois já o tinham visto, cochichavam do segredo vergonhoso. O beiju e o café, vidro moído rasgando as entranhas — não se aguentava de pé, olho turvo e perna trêmula.

Mal erguia as botas, enterrava-se no poço de lama. Entre clarões, no rostinho da criança distinguia o carão obsceno do primo. Os dois estancavam o riso, o velho com a boca aberta da graça interrompida. O empenho de Bento era se manter de pé, a cabeça baixa, resfolegante ao galope do coração.

Sem se dar conta foi direto aos dois homens. Outra vez no vulto do primo o rostinho medroso do retrato. Já o velho se interpunha com um grito. Bento desprendeu o braço e, cego pelo tremor da pálpebra, encontrou na cinta o punhal. Sem palavra, atingiu na barriga o primo, fundo e uma só vez. Euzébio, as mãos vermelhas, tropeçou alguns passos, a boca no pó:

— Ele me esfaqueou!

Bento vacilava aos golpes do velho Narciso e dos outros. Esquivando-se às pancadas, sacudiu a cabeça, a faca brilhou na mão:

— Corto o primeiro que se mexer.

Correu para o rancho. Santina o esperava na porta. Ao chegar perto, ela pediu:

— Acabe com minha vida.

Encarou-a pela última vez — ela se espantou de tanto amor. O punhal caído a seus pés, deu-lhe as costas e sumiu na curva da pitangueira.

O Caçula

De volta da repartição, José pendura o chapéu no cabide, atira na mesa da sala a correspondência que retirou da caixa postal. Assim que ele entra no quarto, o velho Francisco, que estava à espreita, vem apanhar o jornal e a carta.

A mãe bate na porta e traz o prato na bandeja. Assiste ao almoço de José, sentado na cama, e põe um pouco de ordem no quarto. Antes de se afastar, a mão de leve na cabeça quase calva:

— Meu filho, por que não conversa com seu pai?

— Poxa, mãe... Nunca vai aprender?

Dez anos que não fala com o pai e faz as refeições no quarto. Até hoje os filhos, quase todos casados, não fumam na presença do velho; ai de quem esquecia de tomar a bênção pela manhã e antes de dormir! O caçula José, mimado pela mãe, único a desafiar sua prepotência.

— Esse rapaz, Cecília, tem jeito não.

— Estou velho demais, mãe, para pedir louvado. Os filhos casaram e desertaram a família, ficou somente José. O pai, que persegue a coitada de dona Cecília, verifica antes se ele não está por perto. Envelhecem, ambos intransigentes no seu rancor, o ancião lépido aos setenta anos e José, bigode grisalho, na flor dos quarenta. Herda a roupa sovada dos irmãos e dona Cecília, escondida do marido, dá-lhe pequena mesada para cinema e cigarro.

José circulou algum tempo de pasta, com prospecto de seguro e amostra de chocolate. Não vendeu apólice alguma, suficiente a importância da pasta preta. As amostras ele mesmo comeu. Chegava em casa, o paletó nas costas, exausto. Afinal ocupava-se em recado e servicinho para a mãe.

Se lhe entregam um cheque para descontar, imediatamente aflito. Do jornal vê a página esportiva, perplexo que a Rússia é comunista. Rapaz bem mandado, embora incapaz de ganhar a vida. Romântico, duas vezes foi noivo. A primeira de uma Fagundes, gorducha e ruiva. O velho Francisco levantou o braço para o céu:

— Onde é que esse rapaz tem a cabeça?

José desfez o compromisso — como sustentar a família se nada quer com o trabalho? — e não mais se falaram. A moça casou com outro, asinha se apartou.

José em voz alta que o pai ouvisse lá da sala:

— Aqui do bichão ela não esquece!

Noivado seguinte com a prima de terceiro grau, ao jeito de dona Cecília, que fez gosto no casamento. José não marcava a data e, cinco anos depois, a pobre se finou do peito. Uma tarde surgiu a tia na casa, reclamou as cartas da filha. José em dúvida se as teria ou não devolvido. Acompanhado das duas senhoras, vasculharam o quarto. Dona Cecília se desculpava das migalhas na cama. As cartas de amor perdidas no fundo de um baú...

Às festinhas de família comparece o irmão Agenor, preferido do pai. José volta bêbado de madrugada. A mãe traz-lhe a comida, ele se queixa, coçando a barba:

— O menino de ouro vem aí. Dão o carro para ele. O menino querido sai de carro. E o bichão aqui não tem nada. Depois sou eu que vivo à custa do Chiquinho.

— Respeite o seu pai, meu filho.

— Quem, o Chiquinho? Que se dê o respeito para as negras dele.

O pai espairece no jardim, braço dado com Agenor.

— Olhe a calça caída do Chiquinho. O velho vai mal, hein, mãe? Já de pescoço fino.

Bebe durante a semana. No domingo, em cueca, peito cabeludo, folheia revista antiga e beberica leite com mel. A mãe censura a falta dos dentes.

— Todos não, mãe. Veja, firme o canino. O Chiquinho quer a bênção, não é?

— Deus te ouça, meu filho.

— O canino de lhe morder a mão!

Não sossega a velha enquanto ele não chega. Muita madrugada envolve o xale na cabeça, vai brigar com o botequineiro:

— O senhor é que desgraça meu filho. Não o deixa ir para casa. Aí nessa vida de perdição.

Defende-o das insinuações da família:

— Nada como um moço em casa. Se entra um ladrão... O que pode um velhinho?

E olha dos lados, o grande Francisco não escute, ainda se considera mais homem que o filho.

— Moço é diferente. Ele enfrenta o ladrão!

Famoso no tango com passinho floreado na pensão de mulheres, lenço de seda ao pescoço, chapéu de banda esconde a calvície:

— Fiquei careca do elixir 914...

O velhinho aos beijos com uma negra! Há dez anos expulso do quarto sagrado!

— ...que deram ao Chiquinho.

Em desafio ao velho exibe-se ao sábado, no cinema, de braço não com uma, senão duas e três mulatas pintadas de ouro — por todas é amado de graça. E cada dia mais parecido com o pai, o mesmo andar de mãos cruzadas nas costas, o jeito de alisar o cabelo atrás da orelha.

Questão de Família

Há um ano casada no religioso com Miguel, de quem tinha um filho de seis meses. Primeiros tempos viveram em boa paz. Nasceu a criança e, como era doentinha, passaram a discutir.

A sogra mimava o netinho, Elvira se mordia de raiva. Miguel começou a se embriagar; berrava palavrão, desferia soco na mesa, provocou o vizinho. Depois avançava contra a mulher, que fugia com o filho para o quintal.

Duas vezes foi espancada. Para apagar a luz, subindo na cama, torcia a lâmpada no bocal. Perdeu o equilíbrio, quase caiu em cima da criança. O homem lhe deu uns tapas, que tivesse mais cuidado.

Segunda vez, o filhinho choramingava, inquieto na cama. Miguel pediu que o ajeitasse, ela respondeu mal. Acertou um tabefe no olho de Elvira que rolou sobre a máquina de costura.

De manhã foi para o serviço. Na volta, recebeu da mãe a notícia de que Elvira e o filho estavam na casa do sogro, tendo a mulher carregado o que era dela. Bebeu no botequim: ali não havia homem. E cuspiu no soalho. Ai de quem protestou. Miguel, arrancando do punhal, fez o outro fugir. Um terceiro quis desarmá-lo e saiu ferido na orelha esquerda. Invadiu a casa do velho Felipe. Derrubou cadeira, bradava nome feio contra a sogra. Aos gritos pulava com a garrafa na mão. Discutiu com o velho, tirou o paletó para brigar. Conseguiu Felipe que lhe entregasse a garrafa. Miguel estranhou a sogra e passou uma rasteira, sentada no chão com as pernas de fora. Felipe acudiu a velha, que gemia muito. Com a machadinha de picar lenha, Miguel desferiu três golpes que foram desviados. O sogro alcançou a garrafa e o derrubou com uma pancada na cabeça. Partiu-se o vidro e gritou o velho:

— Acertei uma boa!

Miguel levantou-se, cambaleante. Elvira foi saber se estava ferido. Um pouco tonto e a mulher, palpando-lhe a cabeça, descobriu um caroço. De repente ele esmoreceu, o corpo foi ao chão, os pés na poça d'água.

Ergueram-no as duas mulheres. Era pequeno e magrinho, só quando bebia perigoso e muito ligeiro. Amparado, Miguel caminhou até o quarto. Ainda se voltou para resmungar um palavrão contra o sogro. Na cama balbuciou alguns nomes. Foi-se arruinando ao ponto de perder a fala. De madrugada saiu-lhe na boca uma espuma branca. Pela manhã, conduzido ao hospital, morria sem conhecer a mulher que lhe sustentava a cabeça no colo. Quando o desceram da carroça ficou um pouco de sangue no vestido amarelo de Elvira.

A Casa de Lili

Com a morte do marido, dona Carlota, gorda de noventa quilos, realizou uma célebre viagem de vapor — ela e a filha passeavam de guarda-pó no tombadilho. Paga a promessa em longes serras, deixaram na gruta da santa o retrato de Lili, com o pedido de um noivo; no verso da fotografia rabiscado o endereço. Qual a surpresa de dona Carlota, um ano mais tarde, bateu à porta o distinto moreno de bigodinho, que se oferecia para casar com a moça da gruta.

Quem passava na rua entrevia, pela cortina de bolinhas azuis, Lili ao piano e o cometa, perna cruzada, calça xadrez e polaina, sacudindo no soalho fulgurante a cinza do charuto.

Prateado lustre de canutilhos pendia do fio envolto em papel crepom. Loucas flores de parafina cresciam no estanho das carteiras de cigarro. Na mesinha, fruta de cera e bibelô de gesso; ao pé, rica boneca de cachos. Cromo recortado de revista — e a moldura rendilhada na própria parede. Discretamente, a um canto, a preciosa escarradeira de porcelana azul.

De trole iam à missa, o caixeiro de palhetinha e bengala, Lili, a boca pintada em coração, o curto pescoço afogado na pele de coelho. Então se apresentou um circo na cidade. Antes do salto mortal, rufava o tambor e dona Carlota de boca aberta, sem engolir a pipoca. No intervalo, por entre as cadeiras, volantins em maiô branco de malha ofereciam o retrato colorido. Com o circo partiu o noivo, enfeitiçado da bailarina perneta.

Alegrou-se a gente perversa: um de nós teria surpreendido o caixeiro saltando a janela do quarto de Lili. Noite seguinte iluminou-se a sala, janelas abertas, ouviu-se o piano. Era a moça muito pintada, um pente de madrepérola no cabelo. Dona Carlota ouvia, rigidamente sentada, lenço de seda ao pescoço.

Lili continuou as lições de piano, gorducha, baixinha, um brilho de ouro no sorriso triste. A uma vizinha, que se referiu ao caixeiro, mostrou o oratório da família. Ao pé das imagens, o retratinho dos entes queridos, lá estava o do noivo. No cinzeiro da sala, intocável, o último charuto pela metade.

Tarde de verão, os cachorros estiravam-se às portas, língua vermelha de fora. A brisa ondulava nas janelas a franja das cortinas, rangiam os portões mal fechados. O pano embebido em gasolina, Lili esfregava o soalho. No degrau da soleira a impressão de um pé descalço. Os maledicentes indagavam do noivo.

— O pobre morreu — respondia Lili — e está morto. Um dia surgiu o caixeiro na estação. Foi proibido pelo delegado descer à cidade. Passaram-se anos. Dona Carlota se finou de arteriosclerose e, à hora do enterro, a moça tocou a sua valsa predileta. Perdidas as alunas, e sem recurso, obrigada a vender o piano. Então um menino, cesta no braço, batendo nas portas, oferecia medonhas rosas negras.

Instalou-se na casa a família de um primo. Pronto ele consumiu as famosas prendas, até o cinzeiro com o último charuto. Lili não saía do quarto, um dos sobrinhos levava o prato de comida. De manhã na colcha de retalhos, vestida e de sapato, boquinha duramente pintada. Festões e grinaldas abafavam a alcova. Ela se envenenara com o perfume das flores?

Depois a mulher do primo ficou leprosa e a casa foi posta à venda.

Angústia do Viúvo

Ele acorda, tosse e resmunga: "Essa bronquite..." Ainda na cama, dedo trêmulo, acende o primeiro cigarro e o segundo enquanto faz a barba. Espirra com o chuveiro frio. Bebe o café preto servido por dona Angelina, sai sem ver os filhos adormecidos. São sete horas e entra no emprego às oito. A rotina de preencher ficha e calcular percentagem.

Volta para o almoço, os filhos estão no colégio. De tarde, a copiar faturas. Engole cafezinho bem quente — uma de suas prendas — sem queimar a língua. Sanduíche e copo de leite. Esconde-se da chuva na biblioteca pública ou vai ao cinema. Às dez horas sobe no ônibus, o jornal dobrado no bolso. Caminha três quarteirões até a casa silenciosa, apenas uma luz na varanda.

Dona Angelina dorme em sossego; não precisa tirar-lhe o sapato e deitá-lo vestido. Já não é o bêbado que rola na valeta. No escuro atravessa o corredor e a sala, acende a luz da cozinha. Pendura o paletó na cadeira. Prende na cinta a gravata para não respingá-la. O jantar no armário com tela: um prato fundo coberto por outro raso. Coloca-o na mesa nua e, antes de sentar-se, guarda o prato raso úmido de vapor. Come tudo, não acha gosto e abusa da pimenta. Deita o café na caneca. Engole-o frio, um resto de pó no fundo. Dispõe na pia o prato e a caneca, abre a torneira, enche-os de água.

Mais um cigarro e, com a lima no chaveiro, limpa as unhas amarelas: duas carteiras por dia. No banheiro escova os dentes, bate com a escova três vezes na beira da pia. Observa-se no espelho, rancoroso. Exibe a língua, os dentes manchados de sarro:

— Dia de ficar bêbado.

Já não bebe, repete o desafio. Com a morte da mulher, entregou os filhos à dona Angelina. Cinco meses morou sozinho, sem acender o fogo nem arrumar a cama. Desertou o emprego, não visitava as crianças. Dona Angelina ignorava se ainda era vivo. Dormia borracho, não no quarto, lá no puxado da lenha. Trazia embrulho de pastéis, que mastigava entre goles de cachaça, frios e pegajosos de gordura.

— Dia de ficar bêbado — anunciava aos seus botões. — Olhar para as telhas...

E olhava: as telhas encardidas, cobertas de teias. Chovia, despregavam-se as aranhas de ventre peludo. Cabeça debaixo do lençol, mordendo os dedos, tremia de pavor.

Transbordou a caixa d'água, inundada a casa, o vizinho deu alarma. Dona Angelina acudiu e, ao ver no colchão os buracos da brasa de cigarro, arrastou com ela o filho, cansado demais para discutir. No antigo quarto de solteiro, olhou-se muito tempo ao espelho, a princípio curioso, depois aborrecido, enfim com náusea. Naquela hora, sem dores, deixou de beber.

Agora, passado um ano, apagada a luz do banheiro, dirige-se no escuro ao seu quarto. Detém-se um instante na sala: o ronco estertoroso da velha encobre a respiração das crianças. O menor dorme com dona Angelina, a filha na cama de grades. Bem que o preveniu:

— Está perdendo a festa da vida. Os filhos é que...

Embora a porta aberta, ele se afasta sem voltar o rosto: uma gaiola o amor dos filhos, dourada quem sabe. Você não fura o olho do passarinho para que cante mais doce? Outro cigarro enquanto se despe.

Estende a roupa na cadeira; bem cedo a mãe vem apanhá-la, escova e passa a ferro — o único terno. Ninguém diria que é o mesmo, não fora um buraco de cigarro na manga. Domingo ele próprio capricha no vinco da calça preta. Afofa os dois travesseiros para ler o jornal, nunca mais abriu um livro. Uma vez por semana, com repugnância e método, entrega-se ao prazer solitário — o mísero consolo do viúvo. Afinal vem o sono, aninha-se nas cobertas e dorme, o eterno grilo debaixo da janela. Ali na sala, ao pé do caixão, espanta a mosca no rosto da falecida. Os outros dão-lhe as costas:

— Olhe bem para a sua vítima. Você que a matou.

Finou-se de leucemia, que a família atribuiu aos beijos do vampiro sem alma.

As lágrimas secando na face, espera a manhã. Encolhido, tosse e resmunga: "Essa bronquite..." Dedo trêmulo, acende o primeiro cigarro ainda na cama e o segundo enquanto faz a barba. Chuveiro frio. Sai sem ver os filhos. Na rotina de preencher ficha e calcular percentagem, debaixo das telhas espiam-no as aranhas de ventre cabeludo.

Duas Rainhas

Duas gorduchinhas, filhas de mãe gorda e pai magro. Não sendo gêmeas, usam vestido igual, de preferência encarnado com bolinha. Sob o travesseiro mil bombons, o soalho cheio de papelzinho dourado. Rosa tem o rosto salpicado de espinhas. Dois anos mais moça, Augusta é engraçadinha, para quem gosta de gorda. Três vezes noiva de sujeitos cadavéricos, esfomeados por aquela montanha de doçuras gelatinosas. Os amores desfeitos pela irmã.

— A Rosa é muito tirana — desculpa a outra sem azedume.

Duas pirâmides invertidas que andassem, largas no vértice e fininhas na base. Manchas roxas pelo corpo de se chocarem nos móveis. Lamentam-se da estreiteza das portas. Sua conversa predileta sobre receita de bolo. Nos aniversários, primeiras a sentarem-se à mesa ou, para lhes dar passagem, todos têm de se levantar.

O terceiro noivo, mais magro, com mais cara de fome, conquista Augusta, apesar da oposição da irmã. Instalados na casa dos pais, Glauco proíbe-a de acompanhá-lo ao portão. Não a leva ao baile, queixa-se de que nela todos esbarram. No cinema, as suas carnes opulentas extravasam da cadeira. O marido, inquieto, vigia a todo instante o vizinho. Segue-o ao banheiro, enquanto ele faz a barba. Fechados no quarto, não saem senão para as refeições.

— Já se viu — exclama Rosa para a mãe — que pouca vergonha!

O marido quase não dorme — transborda Augusta do leito —, embevecido a vê-la roncar. Por insinuação dele, preocupa-se com as formas. Ela perde alguns quilos, Rosa engorda. Saem juntas para as compras.

— A senhora está esperando? — pergunta a caixeira para Rosa. — De quantos meses?

— Minha irmã que...

Augusta tricoteia casaquinho de lã, que nunca termina. Com dor no coração soube o marido que é falsa gravidez — ela come escondida. Cada gaveta, manancial de gulodice. Então a arrasta em longas caminhadas; a moça tropeça de pé inchado e, de esfregar uma na outra, em carne viva a coxa roliça. Glauco deu para beber. Recusa-se a fazer visita, desconfia do riso às suas costas.

— Você tem vergonha de mim — choraminga Augusta.

— Que bobagem, meu bem.

— Tem, sim.

— Se ao menos evitasse bolinha no vestido.

— Bem avisei — suspira Rosa. — Esse casamento não dava certo.

Ele tentou aliança com o sogro. Discutiu com Augusta, Rosa e a sogra, dona Sofia. A moça chorou, fez dieta e perdeu dois quilos, que recuperou semana seguinte. Sempre beliscando algum petisco e anunciando uma para outra:

— Amanhã é dia de regime!

Lambiscam e recordam os sonhos. Nenhuma borboleta ou esquilo. Todos os bichos proporcionais: rinoceronte, foca, hipopótamo. As noites de Rosa agitam-se de cavalos empinados relinchantes. Augusta prefere um elefante branco:

— O elefante chegou, ergueu as patas, riu para mim.

— Não se olhe tanto ao espelho — resmunga o marido.

Uma tarde explode o escândalo. Dona Sofia e Augusta vão ao dentista, na volta encontram Rosa em pranto. Glauco investiu, derrubou-a no sofá, aos gritos e beijos:

— Minha rainha das pombinhas!

Ai de Augusta, só quer morrer: entre golinhos do licor de ovo, ingere punhado de pílulas, catando azuis e rosas, enjeitando as amarelas — língua babosa, de porrinho, jura eterna viuvez.

Agora as duas no quarto do casal. O marido, esse, no de hóspede. Chega tão bêbado que dona Sofia lhe tira o sapato e deita-o vestido. Cada uma engordou cinco quilos — abaixo do joelho enrolam a meia na liga.

— Viu o Glauco?

— Magro que dá pena.

Abanam-se com ventarola. Mordiscam bombom prateado de anisete:

— Não sei onde com a cabeça.

— Gente magra é tão feia!

Contemplam-se orgulhosas: bem pequeno o pé torneado com roscas de mesa antiga de jacarandá.

— Amanhã dia de regime — anuncia Augusta, em nuvem de talco para evitar queimadura nas dobras. Depois do almoço ficam de pé para facilitar a digestão. Sem encostar no peitoril, dói o estômago dilatado. Mãos apoiadas na janela — uma janela para cada uma —, vendo a gente magra e feia que passa.

— Que tal pedacinho de goiabada? — sugere uma delas. Derrete-se a guloseima na língua. Rosa tremelica o papo rubicundo. Suspendendo a perna com duas mãos, Augusta cruza os joelhos.

À *Margem do Rio*

Tarde de sábado, Abílio parou a carroça à margem do rio. Ele saltou, os dois piás ficaram no banco, balançando os pezinhos nus. Encostado numa roda, enrolou a palha do cigarro. De longe reconheceu na balsa o amigo Nicolau:

— Como vai, compadre?

O outro respondeu que ia bem e, cara fechada, pediu acerto de conta.

— Já estive devendo muito mais.

Abílio ofereceu algum dinheiro, que o outro recusou: eram três dias de carpida.

— Nunca faltei com a obrigação e sempre andei direito.

— Desta vez falhou.

Recolhendo as moedas e estendendo a mão, Abílio retrucou que lhe confiava todo o dinheiro. O compadre não aceitou, já que era pouco.

— Você é polaco! — bradou o moreno, pálido de fúria.

Nicolau, o mais forte, agarrou-o pela camisa, sacudiu de encontro à carroça e estava-o esganando. Com a gritaria dos filhos, Abílio puxou a faca da cinta:

— Conhece que está morto!

Nicolau quis fugir, não pôde escapar, ensanguentado e fraco. Corria aos tropeções, seguido pelo compadre que o alcançou e desferiu novo golpe. Cambaleante, recebeu mais uma facada perto da casa do balseiro. A mulher surgiu à janela:

— José, estão esfaqueando um homem!

Agarrado na cerca, Nicolau com voz queixosa:

— Ai, Abílio, só não me mate.

A quarta punhalada atingiu-o nas costas. Ao longo da cerca, arrastou-se até o portão. Sem força para subir o degrau caiu numa poça de sangue.

Abílio esfregou a faca na ripa antes de guardá-la, andou até a margem, saltou no bote. Cruzando o rio, parou um instante de remar. As mãos em concha, gritou ao balseiro que entregasse em casa os filhos e a carroça.

O Espião

Só, condenado a si mesmo, fora do mundo, o espião espia. Eis um casarão cinzento, janelas quadradas, muro faiscante de caco de vidro. Posto não o deseje, conhece os eventos principais do edifício, cujas letras na fachada — porventura o nome de um santo — não consegue distinguir, cada vez mais míope. Surpreendeu o pai chegando com a menina pela mão. Alto, bigode grisalho, manta de lã ao pescoço, grandes botas. A menina, quatro anos, miúda, perna tão fina, um espanto que ficasse em pé. A mãozinha suada — o espião podia supor, pelo seu tipo nervoso, que a menina, emocionada porque se despedia do pai, tivesse a mão úmida de terror — apertava um pacote, amarrado com barbante grosseiro, onde trazia todos os bens: muda de roupa, e quem sabe, punhado de bala azedinha.

Empertigado, o pai conversava com a freira de óculo. Explicava — assim imaginou o espião na sua torre — que a mulher pintou de vermelho a boca e se perdeu no mundo, abandonando-o com a filha. Internava-a no casarão, dela não podia cuidar — era viajante, negociava galinha e porco. Ajoelhou-se o homem, a menina prendeu-lhe os bracinhos no pescoço, não queria deixá-lo sair. Sujeito duro, ressentido pela traição, rompeu o abraço, a filha chorando no pátio.

Oitenta meninas, entre cinco e onze anos, em todo esse povinho nenhum riso. Brincam em sossego com seus trapinhos, carretéis vazios e — as mais fortunadas — bruxas de pano. Durante a semana usam avental riscado e, no domingo, o vestidinho xadrez agora pendurado no corredor. Cada prego um número: de um lado, o vestido xadrez e, do outro, o casaquinho de algodão.

Desde os seis anos fazem todo o serviço: arrumam a cama, esfregam o soalho de tábua, varrem o pátio. À tarde, entre as ladainhas, ocupam-se umas a bordar, outras a costurar e, antes que chegue a noite, apertando o olho e curvando a cabecinha, escutam distraídas a voz abafada da cidade (as horas no relógio da igreja, o chiado de uma carroça, o apito do trem) e, inesperadamente, acima do trisso das andorinhas e do latido do cachorro, o riso de uma criança brincando ao sol.

Para a menor de cinco anos é escolhida outra de onze, que dorme na cama ao lado, lava-lhe o rosto, corta-lhe a unha (se não foi roída até o sabugo) e limpa-a no gabinete. Procissão de duplas inseparáveis, cumprindo voltas no pátio, o pezinho rachado de frio — a menor com uma vela escorrendo do nariz, a mãozinha enrolando a barra do vestido. Se choraminga, a outra ralha: não seja nojenta, não seja pidona. E vá cascudo na cabecinha mole da menor. Às vezes, a maior, raquítica, é do mesmo tamanho. Tão diversas, são todas iguais nos olhos que enchem a cara miudinha — o olho aflito do adulto.

Umas cuidam bem de suas protegidas, assim a galinha com o pintinho. Ah, criatura mais perversa não existe que a criança doente de solidão: essa judia da amiguinha, castiga-a, devora a milagrosa — embora azeda — laranja que, saiba você como, surgiu entre os dedinhos rapinantes, sem dar um gomo à companheira, que engole em seco. E se não bastasse, espreme a casca no seu olhinho guloso. Se a menor faz xixi na cama, denunciada à vigilante, que a exibe no meio do pátio — o lençol na cabeça até secar.

A um canto, estalam os lábios duas mãezinhas de volta da feira:

— Esta menina é muito nojenta.
— É. Mas aqui ela perde o luxo.

Há o pavilhão das velhas — nove ou dez, as que ninguém quis, uma paralítica, outra surda-muda, outra retardada de meningite — que vivem isoladas, gritam em noite de lua, soluçam dormindo e não podem ver homem sem arregaçar a saia. Chamadas de bobas, também têm serventia: lidam na horta, racham lenha, puxam água do poço. As meninas admiram em silêncio as velhas, que tanto balançam a cabeça quanto o balde na mão — praga de boba pega.

Bem cedinho, em fila de duas, marcham para a igreja. Antes de sair, calçam as alpargatas e correm alegres, única vez que usam alpargatas, desapercebidas da traição dos caminhos. Lá se vão, olho arregalado sob a franjinha — todas de franjinha na testa pálida, a não ser as pretinhas, por isso mais infelizes.

No fim as bobas, sacudindo a cabeça em toucas verdes de crochê, enterradas até a orelha, e que se agitam ao dar com um padre na rua: cada padre, um beliscão na vizinha.

Domingo frequentam a missa das nove, as meninas marcando o passo arrastam as alpargatas, não muito para não gastar o solado. Escondem as bobas a medonha boca sem dente e piscam divertidas para uma estampa de Nossa Senhora com o menino — a pombinha de fora. Triste é a volta: cruzam com as crianças, as outras, no vestidinho de tafetá colorido e fitas na longa cabeleira, a lamber deliciadas um canudinho de sorvete. Na primeira comunhão, senhora piedosa entrega na portaria uma fôrma de cuque, em fatias bem pequenas. Domingo a solidão dói mais: a chegada de alguém lembra a visita que nunca virá. Andam inutilmente à volta do pátio, cantam em vozes apagadas as suas canções de roda, vestem e desvestem as bruxinhas de pano, beliscam-se inquietas, choramingam e — depois que o alguém se retira — muitas são postas de castigo, ajoelhadas sobre grãos de milho. Não se queixam — como a gente lá fora — quando chove no domingo é doce ouvir a chuva. Um relâmpago incendeia as janelas, o raio abafa o gritinho das mais assustadas, as bobas arrastam latas sob as goteiras. Burlando a vigilância, algumas chapinham nas poças, os cabelos escorrem água. Outras desenham boneco no vidro embaçado.

Inventam os brinquedos: corrida de besouro, um telefone a tampinha no barbante estendido, espiam a formiga de trouxa na cabeça, prendem o vaga-lume na garrafa para vê-lo a um canto escuro acender sua lanterninha. Sem receio de berruga no dedo, agarram o sapo e atiram-no para o alto, batendo palmas enquanto cai esperneando e esborracha-se no chão. Ah, quando chega a noite, as que varrem, olham para trás e varrem mais depressa, as que costuram, curvam os ombros e não descansam a agulha entre os dedos furadinhos, e as que andam de mão dada no pátio acercam-se uma da outra — elas fazem tudo para que a noite não chegue, a noite maldita dos que têm medo. E a noite chega na asa dos pardais que se empurram entre as folhas, chega no latir perdido de um cachorro ao longe, chega com a sineta no fundo do corredor assombrado e, após a xícara de chá e a fatia de polenta fria, rezada a última prece, recolhem-se ao dormitório, encolhidas na cama, só a pontinha do nariz de fora. Ao lado da porta, escondida no biombo de pano, a vigilante apaga a luz. Morrem de medo no escuro e a quem, meu Deus, gritar por socorro? Escutam os sapos do banhado: durma menina, o bicho vem te pegar. O assobio da coruja no cedro, as unhas do morcego que riscam a vidraça — vem te pegar, menina, acuda que vem te chupar o pescoço.

As que não são mais meninas pensam no fim que as espera: devolvidas a algum parente que não as quer, escravas da patroa que fecha o guarda-comida à chave, as mais bonitinhas desfrutadas pelo patrão e pelo filho do patrão. Nem uma esqueceu as palavras de Alberta, a negrinha que caiu na vida: *Minha novena agora é homem*. Reboa no coraçãozinho apertado de angústia a profecia da superiora: *O diabo solto no mundo. Única salvação, minhas filhas, é a prece.* E elas rezam, rezam até que vem o sono.

Em surdina o queixume de uma menor. Ganido de cachorrinho perdido na noite? Dor de dente ou bichas ou, quem sabe, simples medo que uma boba venha se esfregar e acorde com papo de velha. Ninguém atende, os soluços vão espaçando, ela dorme.

Sonham as mais felizes com a pombinha branca. Foi o caso que uma boba domesticou de sua cadeira de rodas uma pombinha. Aonde ia ela, ia a pombinha, só se afastava para ligeiro voo ao redor do pátio — a paralítica estalava os dedos de aflição. Trazia uma vara na mão, sebosa de tanto a alisar; a ave prisioneira no círculo de alguns metros. Da varinha saltava para o seu ombro, as duas beijavam-se na boca. As meninas faziam roda, assustadas com a aleijada e deslumbradas com o bichinho pomposo, a cauda enfunada em leque, exibindo-se de galocha vermelha. De manhã, a pombinha morta. A paralítica gemeu sem sossego: a ave guardada numa caixa de sapato, não queria que a enterrassem. Para a acalmar, deram-lhe outra pombinha branca, e o que fez? Cravou-lhe no peito as agulhas de tricô.

O casarão mais fácil de sofrer se não estivessem famintas sempre; quando se deitam, até dormindo, uma ouve o marulhinho na barriga vazia da outra. Engolem o grude nauseante — sopa de angu. Naco de carne uma vez por semana. Polenta fria no lugar de arroz. Se uma fruta lhes cai porventura na mão — figo ou caqui, por exemplo —, devoram-na com casca e tudo, a língua saburrosa de prêmio. Do capim chupam a doce aguinha. Comem terra e, algumas, o ouro do nariz. Outras têm ataque de bichas e rolam pelo chão rilhando os dentes.

Não bastasse a fome, o pavoroso banho frio de imersão, tomado de camisola. Uma das meninas adoece, isolada em quartinho escuro, nada a fazer senão esperar que definhe. Rezam o terço em volta da moribunda, o corpo encomendado na própria capela, o cemitério ali pertinho.

Eis que o pai voltou para visitar a filha ou levá-la consigo. Aguardando no pátio, a buscar entre tantas uma franjinha querida, nem reparou na freira de óculo que, em voz monótona, recomendava fosse forte e tivesse fé: a menina, coitadinha, morta e enterrada. Uma febre maligna. Ele viajava longe, por quem avisá-lo? O espião podia ler nos lábios do pai o que não disse: *Se fosse em casa, perto de mim...* Finar-se sozinha, certa de que a tinha abandonado. Sem ouvir a freira de óculo, o homem girava a aliança no dedo, eriçado de pelos ruivos.

Uma Vela para Dario

Dario vem apressado, guarda-chuva no braço esquerdo. Assim que dobra a esquina, diminui o passo até parar, encosta-se a uma parede. Por ela escorrega, senta-se na calçada, ainda úmida de chuva. Descansa na pedra o cachimbo.

Dois ou três passantes à sua volta indagam se não está bem. Dario abre a boca, move os lábios, não se ouve resposta. O senhor gordo, de branco, diz que deve sofrer de ataque.

Ele reclina-se mais um pouco, estendido na calçada, e o cachimbo apagou. O rapaz de bigode pede aos outros se afastem e o deixem respirar. Abre-lhe o paletó, o colarinho, a gravata e a cinta. Quando lhe tiram os sapatos, Dario rouqueja feio, bolhas de espuma surgem no canto da boca.

Cada pessoa que chega ergue-se na ponta dos pés, não o pode ver. Os moradores da rua conversam de uma porta a outra, as crianças de pijama acodem à janela. O senhor gordo repete que Dario sentou-se na calçada, soprando a fumaça do cachimbo, encostava o guarda-chuva na parede. Mas não se vê guarda-chuva ou cachimbo a seu lado.

A velhinha de cabeça grisalha grita que ele está morrendo. Um grupo o arrasta para o táxi da esquina. Já no carro a metade do corpo, protesta o motorista: quem pagará a corrida? Concordam chamar a ambulância. Dario conduzido de volta e recostado à parede — não tem os sapatos nem o alfinete de pérola na gravata.

Alguém informa da farmácia na outra rua. Não carregam Dario além da esquina; a farmácia no fim do quarteirão e, além do mais, muito peso. É largado na porta de uma peixaria. Enxame de moscas lhe cobrem o rosto, sem que faça um gesto para espantá-las.

Ocupado o café próximo pelas pessoas que apreciam o incidente e, agora, comendo e bebendo, gozam as delícias da noite. Dario em sossego e torto no degrau da peixaria, sem o relógio de pulso.

Um terceiro sugere lhe examinem os papéis, retirados — com vários objetos — de seus bolsos e alinhados sobre a camisa branca. Ficam sabendo do nome, idade, sinal de nascença. O endereço na carteira é de outra cidade.

Registra-se correria de uns duzentos curiosos que, a essa hora, ocupam toda a rua e as calçadas: é a polícia. O carro negro investe na multidão. Várias pessoas tropeçam no corpo de Dario, pisoteado dezessete vezes.

O guarda aproxima-se do cadáver, não pode identificá-lo — os bolsos vazios. Resta na mão esquerda a aliança de ouro, que ele próprio — quando vivo — só destacava molhando no sabonete. A polícia decide chamar o rabecão.

A última boca repete — *Ele morreu, ele morreu.* A gente começa a se dispersar. Dario levou duas horas para morrer, ninguém acreditava estivesse no fim. Agora, aos que alcançam vê-lo, todo o ar de um defunto.

Um senhor piedoso dobra o paletó de Dario para lhe apoiar a cabeça. Cruza as mãos no peito. Não consegue fechar olho nem boca, onde a espuma sumiu. Apenas um homem morto e a multidão se espalha, as mesas do café ficam vazias. Na janela alguns moradores com almofadas para descansar os cotovelos.

Um menino de cor e descalço vem com uma vela, que acende ao lado do cadáver. Parece morto há muitos anos, quase o retrato de um morto desbotado pela chuva. Fecham-se uma a uma as janelas. Três horas depois, lá está Dario à espera do rabecão. A cabeça agora na pedra, sem o paletó. E o dedo sem a aliança. O toco de vela apaga-se às primeiras gotas da chuva, que volta a cair.

O Jantar

Condenado à morte, devorava seu último jantar, o molho pardo escorria do queixo.
— Como vão as coisas, meu filho?
Chupava a sambiquira e piscava o olho de gozo.
— As coisas vão.
Diante dele, o bem mais precioso da terra: seu filho.
— Me passe a pimenta, Gaspar.
Logo será um homem. Meu filho. Dar-lhe conselhos: não beba água sem ferver, não beije a criada na boca, não case antes dos trinta.
— De amores como vai?
A pergunta ofendeu-o tanto como um dos arrotos do pai: era filho de ninguém.
— Não tenho amor.
...Não casar antes dos trinta, não deixar o vinho no copo. Bebeu até a última gota.
— Que me conta da poesia?
Graças ao seu dinheiro o filho tem o dom de sonhar.

— Vai mal.
Todo filho é uma prova contra o pai.
— Ora, Gaspar. Bobagem.
O olho estrábico de Gaspar era bobagem para ele, que tinha seis dedos no pé.
— A poesia fede.
A família chocava um ovo gorado sob o signo sacrossanto na parede da cozinha — "Deus abençoe esta casa".
— Foi à missa, Gaspar?
Se meu pai abre a boca para falar, sei as palavras que dirá, e antes do que ele.
— Não, senhor.
Se ele sabe, por que pergunta? Descobria o gosto de romper nos dentes um pedaço de carne sangrenta.
— Eu lhe pedi, não pedi? Por que não me escuta?
— Não creio em Deus!
Desterrado de meu reino, fugindo de mim, encontrei na estrada minha mãe, depois meu pai e depois o fantasma de meu avô.
Borborinhos na barriga do pai — ou do filho?
— O aniversário da morte de sua mãe!
Filho, meu filho, desiste de lutar contra mim. Há mais de mim em você que de você mesmo.

— Sua mãe nunca me compreendeu, meu filho.

Gaspar ouvindo no sábado à noite os ruídos no quarto do casal.

Sem mãe e sem dinheiro no bolso.

— Minha pobre mulher...

— O senhor tem algum para me emprestar?

Com a dor de dentadas furiosas no coração — um dos filhos do Conde Ugolino.

O pai levou a mão ao bolso, abriu a carteira, escolheu uma nota, alisou-a entre os dedos: trinta dinheiros mais pobre.

O filho observou a Santa Ceia na parede. Judas com o saquinho em punho.

— O vinho é sangue de Cristo, bebamo-lo!

Dois estranhos.

— Vai sair?

— Vou.

Os dois alisaram a aba do chapéu, um com o gesto do outro.

Ao Nascer do Dia

Idalina pulava da cama, acendia o fogo, preparava o chimarrão — sem mate João não era gente. A maleta de amostras no ombro, ele corria para a estação. Com o apito do trem, eu estalava os dedos e agradava os três cachorrões. Batia na porta da cozinha, só duas vezes, não acordar os meninos. Idalina abria a porta e prendia os cachorros. Seguíamos apressados para o arvoredo. Eu estendia a capa na grama orvalhada. A fumaça branca na sua boquinha pintada trazia até ali o quente conchego da cama. Os cães gemiam e arrastavam a corrente, nem a voz da dona os aquietava.

Em tantos meses o encontro à luz indecisa do bosque. Quando entrou na loja, não me alegrei de vê-la. Fingindo examinar a chita de bolinhas azuis, contou que, preparado o chimarrão e partido o mascate, voltara para a cama. Ouviu o sinal na porta da cozinha. Não duas. Cinco batidas fortes, sem que latissem os cachorros. Não era eu, o coração lhe dizia, assim mesmo prendeu uma fita no cabelo.

Entreabriu a janela: o cunhado José. Tendo-nos surpreendido, iria denunciá-la ao irmão. Bem na hora em que o outro não estava? *Eu também quero*. José, ele é teu irmão. *Você quer o velho Orides e para mim nada? Se não quiser, olhe que eu conto.* Espere um pouco, que já volto.

— Ah, sua ingrata — eu disse. — Com você não precisa pedir duas vezes?

Idalina saiu da janela. José colocou-se diante da porta. Atirou sobre ele a água da chaleira, queimando-lhe a mão. Berrando, ao se afastar, que contaria tudo ao irmão. Melhor eu não aparecesse até novo recado.

Três semanas passaram. João nas suas viagens. Da mulher não recebi notícia. Rondava o bangalô à distância, o latido dos malditos cães. Insinuava-me por entre as árvores, à espera de algum aviso. Cabeceando de sono, de repente uma gritaria:

— Acudam, bandido. Me acudam!

Na porta o homem de braço cruzado.

— João, que houve? Que foi?

Ergueu a mão vermelha. Perguntei se foi com o punhal.

— Ele era um ladrão.

Escutei ganidos no capão e corri até lá. Era o irmão, rodeado pelos cachorros, que lambiam as suas feridas. Rosnaram contra mim, observei de longe o quadro. Pelo chão vestígios de grande luta. Não pude ver se os dedos estavam queimados. João no mesmo lugar.

— Que houve, João? Onde está Idalina?

Um vizinho, que ouviu o grito dos meninos, surgia com o sargento. Às perguntas, João sacudiu a cabeça. Já sabia o que achei no quarto: a mulher nua e morta com sete facadas. Antes dos outros, vasculhei as gavetas. Ali debaixo do colchão a carta anônima. Passamos com a mulher no lençol sujo de sangue. Ele virou o rosto, mas não chorou. Gemia que esfolara um ladrão. Foi conduzido de braço amarrado para a cadeia. O sargento, a balançar a ponta da corda, explicava que João, muito chegado ao mano José e não tendo vício, só podia estar louco.

Dinorá, Moça do Prazer

No estilo de Fanny Hill: Meu nome é Dinorá. Nascida em Curitiba, de pais pobres, mas honestíssimos, fui na infância ignorante do vício. Vítimas da gripe espanhola, morreram os coitados mal entrara eu nos quinze anos. Fiquei só, sem parente que me advertisse das traições no caminho da jovem órfã.

Condoída de tão triste sorte, uma venerável matrona assumiu graciosamente a minha proteção. Madame Ávila contaria cinquenta anos, aparentava mais pelo abuso de banhos quentes. Antes me queria dama de companhia do que criada de servir e, se me revelasse boa menina, seria para mim verdadeira mãe. Gorda, casaco de pele em pleno verão, eu lhe invejava o vestido de púrpura, o chapéu de fita farfalhante, a pulseira dourada que tilintava no bracinho roliço.

Convidou-me uma noite — ah, terrível noite foi aquela! — para a festinha galante, espicaçando-me a curiosidade com a descrição do ambiente luxuoso e das finas maneiras dos convidados. No casarão, escondido de ciprestes, esperava-nos a uma das portas laterais o nosso anfitrião, a quem madame, entre mesuras, saudou de Excelência. Sem que deparássemos outro conviva, fomos introduzidas no salão discretamente mobiliado de uma mesa, algumas cadeiras, um canapé e uma cama de veludo encarnado, que mais parecia digna de uma rainha.

Beijou-me sua excelência a mão enluvada; era baixo, pernas arqueadas, mais de sessenta anos, rosto rechonchudo, uma pastinha lambida no crânio reluzente. Após a apresentação, madame alegou afazeres urgentes. Suplicou-me fizesse um pouco de sala a sua excelência e, conduzindo-me a um canto, perguntou se eu apreciaria como protetor tão bonito pedaço de homem. Acudi que não possuía dote e, além do mais, era muito jovem para casar. Madame retrucou que pretendia fazer a minha fortuna e, se o soubesse agradar, seria elevada à categoria de grande dama e poderia escolher joia, vestido, carruagem. Cortejou nosso anfitrião em graciosa reverência e, ameaçando-o com o dedo, piscou olhinho faiscante de cupidez:

— Muito juízo, excelência. Não vá assustar nossa pombinha!

Foi tão inesperado que, embora dócil de caráter, sentei-me no canapé, estupefata. Para aumentar minha inquietação, assim que ficamos sós, sua excelência apagou as luzes, exceto uma discreta lâmpada azul, que se refletia nos espelhos circundando o riquíssimo leito. Nem a virtude nem a modéstia contribuíam para a minha defesa naquele difícil transe e, olhos baixos, eu retorcia o lenço de cambraia com rendas da Ilha da Madeira. Sob o enganoso pretexto de ler a sorte, pegou-me gentilmente nos dedos que fariam a inveja dos lírios e, apesar de meus protestos indignados, preveniu-me dos perigos da maldita cidade de Curitiba. Deveria em tudo obedecer-lhe, evitar as más companhias. Montar-me-ia casa e permitiria que, sentada em esplêndida carruagem, me exibisse pelas avenidas. Quem sabe até me fizesse duquesa!

E outras promessas deslumbrantes, para iludir a ingênua menina e moça, que já se acreditava premiada de tanta riqueza, convencida de tratar com um perfeito cavalheiro. Terrivelmente confusa, esforçava-me por dar-lhe o tratamento de Excelência.

Vencida a desconfiança inicial, passando a mão de leve no meu colo de brancura imaculada, produziu-me sensações estranhas que me perturbavam, se logo não escandalizassem. Doces palavras com que acompanhava as carícias não eram suficientes para me tranquilizar. Os dedinhos grossos e cobertos de anéis titilavam-me a nuca, desfazendo os caracóis da loira cabeleira e — coro ao confessar — proporcionando-me os primeiros arrepios de prazer.

— Ó Deus, tua carne é mais branca que a neve! Deixa, deixa, um beijinho só.

Qual foi a minha surpresa ao reconhecer a chama da paixão na desgraciosa figura pelo revirar de olho, lânguido suspiro, respiração ofegante e calva em fogo. Tentando afastá-lo, queixei-me de ligeira enxaqueca. Cólera e desprezo eram impotentes diante daquele gladiador cego de luxúria. Aproveitando-se da minha agitação, quis o monstro libidinoso desfrutar-me a concha dos lábios nacarados. Gritei que planejava a minha ruína:

— Ai, o senhor me perde. Antes a morte!

Tão comovida, teria desmaiado se duas lágrimas providenciais não aliviassem a aflição que me consumia. Abusando de minha inexperiência, rompeu o falso gentil-homem a preciosa mantilha de Granada que me cobria os ombros resplandecentes de alvura e conspurcava-os com seus olhares impuros. Encorajado por este prelúdio, avançou para mim — ai de mim! — que, possuída de terror, tombei em decúbito dorsal, trêmula e palpitante sobre o canapé que ele escolhera para nosso campo de batalha. Mãos postas, implorei que não me profanasse.

Palavras serviam apenas para atiçar-lhe a imunda paixão. Meus grandes olhos verdes e cismadores, que lançavam lampejos, não intimidaram o velho corcel que tomara a brida nos dentes. Na confusão rompeu-se uma alça do vestido de tafetá branco. Os cabelos esparsos — na luta eu perdera um sapatinho bordado em fio de ouro —, toda a encantadora desordem de minha pessoa excitavam a sua febre criminosa. Submissa aos seus caprichos, antes que madame regressasse, jurou que da cabeça aos pés cobrir-me-ia de joias. Com os lábios impuros queria babujar minha face de alabastro.

— Senhor, é demais a repulsa que me inspira!

Empurrei-o violentamente, puxei o cordão da campainha, o criado acorreu pressuroso a receber as ordens de sua excelência. Quando soube o que era, ofereceu-me algumas gotas de amoníaco para aspirar e retirou-se no mesmo instante. Depois desta prova, senti-me tão abatida, tão lânguida e enervada que não tinha ânimo de levantar o braço — estava à mercê do impiedoso carrasco.

Propôs-me sua excelência combater a melancolia com uma ceia tão delicada que satisfaria a gulodice de um cardeal. Com admirável apetite, pelo grande trabalho que me dera, ataquei uma fatia de peru e duas asas de perdiz; alguns cálices de vinho generoso refizeram-me as forças para resistir ao novo assalto.

Atendendo às instruções de seu mestre, trouxe o criado em copo de prata um licor batizado de Bênção Nupcial. Sorvendo o verde líquido adocicado, senti como um fogo sutil espalhou-se nas veias: o efeito da traiçoeira cantárida. Tremi pela minha virtude e, com grito abafado de terror, olhei para o infame instrumento de minha tortura que, de joelhos sobre o luxuoso tapete, enquanto assistia ao meu banquete, contentava-se em devorar-me com olhinho lúbrico.

Prodigalizando louvores à beleza, afiançou que respeitaria a minha honra, satisfeito em adorar-me a cerimoniosa distância.

Vendo-me indefesa, em delicioso abandono, molemente reclinada entre as almofadas de veludo carmesim, acenava-me em frases inspiradas com os ricos tesouros da volúpia. Apresentava-se fogoso campeão nas liças do amor e, se o recebesse como herói, seria instalada na classe da senhora teúda e manteúda. Em troca, renunciando aos míseros consolos da solidão, poderia abrir-lhe as portas do paraíso.

Ou então vomitava horrendas injúrias, ridicularizado não seria por suposta menina e moça, em conluio com a viúva desonesta que, na velhice precoce, exercia o humilhante ofício de rufiã. Incitava-me a provar o néctar da maçã proibida e, arrebatada na torrente avassaladora de sua eloquência, sentia as consequências do primeiro passo na estrada do vício — o rubor que me tingia as faces era antes do frenesi que da modéstia.

Embevecido, os olhos ávidos nas minhas vestes em desalinho e nos graciosos caracóis que se espalhavam sobre a testa pálida, sua excelência forcejava por devassar as belezas escondidas. Recitando o seu caviloso discurso, o velho sátiro arrastava-se pelo tapete escarlate. Presto agarrou o pezinho descalço, cobriu-o de beijos úmidos e quentes. Um resto de pudor sustinha-me à beira do precipício, as forças já não respondiam, combalidas pelo inebriante filtro do amor.

Apelei para todos os meios de defesa que reclama a honestidade. O cruel assassino gargalhou sinistro e, desfazendo-se do colarinho engomado, voltou à carga. Servia-se com desenvoltura das armas usadas em tais embates, as mais pérfidas que se pode imaginar e impossível seria descrever.

— Mata-me, ó bruto apache! Não posso mais. Eu morro...

Gelou-me o sangue nas veias, a última duquesa diante do patíbulo.

Os Botequins

Noite fria e, como todas as noites, o botequim deserto. José sentava-se à mesa do fundo, o gordo vinha com a garrafa. Enquanto ele ficava no botequim (e ficava até a hora de fechar), o gordo deixava a garrafa aberta no balcão. José trazia o jornal dobrado no bolso. O cálice fazia um círculo úmido na mesa.

Antes de beber, lia uma notícia inteira. Erguendo o cálice e fechando os olhos, engolia dum trago. Ao abri-los, via no teto a sombra redonda da lâmpada. O gordo contornava o balcão, enchia o cálice até a borda, derramada uma gota. José esperava o dia em que, atrás do jornal, iria lamber a gota perdida.

Na quarta ou quinta dose bebia em mais de um gole. Estendia as pernas sob a mesa, contemplava a sombra do teto, lia o jornal. Não olhava para o gordo de calva brilhosa, galhinho de arruda na orelha. Se demorava em servir, José batia o cálice na mesa.

O botequim era corredor escuro, três ou quatro mesas encostadas à parede e o balcão no meio, atrás do qual o gordo curvava a cabeça sob as garrafas. No balcão um vidro de pepinos com mancha de bolor no vinagre. E nenhum espelho na parede. José não gostava de se olhar. Descobriu aquele botequim e vinha, toda noite, sentar-se à sua mesa, o jornal no bolso. Sempre o mesmo, puído nas dobras. Lia notícia completa antes de emborcar a primeira dose.

Raros intrusos que se aventuravam no botequim davam as costas a José. Quem gosta de ficar, no botequim vazio, de cara com um desconhecido? A sua mesa junto ao reservado. Cada vez que alguém entrava, José sentia o odor ácido de amoníaco. De chapéu, o rosto na sombra, bebendo seus tragos. Hora de fechar, o gordo tirava da barriga o avental sujo e, sem olhar para o cliente, contava o dinheiro da gaveta.

José avançava preguiçoso ao longo das mesas. Tinha casa e família, preferia o botequim, desenhando na mesa os círculos úmidos. Botequim frio, escuro e pestilento. Com ninguém falava, sequer o patrão. Ali não se sentia só. No balcão a garrafa aberta. Mulher alguma diria: *Não beba mais, por favor...* Pelas cinco chagas de Nosso

Senhor, seja esse o último cálice! Não tinha vergonha de beber no botequim. O gordo era pessoa que compreendia as coisas. Além do mais, não havia espelho. O gordo compreendia. Quando José não tinha dinheiro, deixava o jornal no bolso, depois do quinto cálice ainda o bebia dum trago. Fim de noite, empurrava a cadeira e saía, sem que o patrão corresse atrás. Noite seguinte, voltava; o relógio no bolsinho do colete, a aliança na mão balofa do gordo haviam sido a sua aliança e o seu relógio. Por amor da família — se é que tinha família — sujeitava-se a encher o cálice do único freguês?

No balcão, ao lado do vidro de pepinos, um prato com ovos cozidos, a casca escura de pó. O gordo ali debruçado, raminho fresco de arruda na orelha. Medo da solidão, conservava o botequim aberto, na esperança de que alguém entrasse? O último bar funcionando no domingo, sem a fumaça dos cigarros, sem o burburinho das vozes, sem o bafo azul dos bebedores.

Naquela noite um desconhecido surgiu no botequim deserto, além do gordo e de José na mesa do fundo. Em vez de dar-lhe as costas, sentou-se à mesa próxima. O patrão serviu-o e retirou-se. O outro saudou José e, lívido, careta de medo, misturou o pó rosado no copo.

José observou a sombra redonda no teto, as duas manchas de goteira, o vizinho que, depois de beber, deixava a cabeça cair na mesa e o braço pender até o chão — lentamente o copo veio rolando a seus pés.

O gordo, sem tirar o avental, recolhia o dinheiro da gaveta. José afastou-se devagar e, a cada passo, sentia a meia encharcada. Por mais cansado, podia andar a noite inteira na chuva. Não era hora de ir para casa. Teria de achar outro botequim e começar outra vez.

A Armadilha

Aos poucos aquietou-se a casa. Por último a tosse do velho asmático. Para não dormir, eu media o tempo entre os acessos. Contei cinquenta e três — o velho adormecera. Vez em quando riscava um fósforo para olhar o relógio. Onze horas, ouvi a cama ranger no quarto vizinho. Espiei pela fresta da porta. Odete acendeu a lâmpada do corredor. Em combinação, toda despenteada, um cigarro na boca, o rosto crispado pela fumaça. Foi beber água na cozinha e, apagada a luz, voltava pé ante pé. Um passo e agarrei-a pelo braço, não se assustou.

— Deixo a porta aberta — eu cochichei.

Em resposta me apertou a mão. Foi até o quarto e fechou a porta, do lado de fora. O velho roncava. Pé descalço arrastava-se no soalho, mais leve que a corrida noturna da ratazana. Surgiu no limiar, beijei-lhe a boca, mordi a orelha.

— Vou embora se continua assim.

Bulha no quarto dos velhos. Bem quietos, sussurros e risos nervosos. Resistia a deitar-se.

— Tenha modos. Não vim aqui para isso — repetia, aos beijos afogueados. — Por favor. Não faça, meu bem. Não, querido. Mãezinha do céu.

Deitado entre ela e a parede.

— Tua mão é menor que a minha.

Era mesmo: mão de mulher que trabalha. Comparava as duas, entre apertões furiosos.

— Me dá um cigarro.

— Se me levanto faço barulho.

O paletó no cabide.

— Nós erramos. Pecado muito feio.

Não podia envolver-me nas cobertas — sozinha, ocupava a cama.

— Com os outros não era pecado?

— É o primeiro, querido.

Agora eu queria dormir, o trem passava bem cedo.

— Ora, você tem experiência. Tua família não liga?

— Ah, é? O que meu pai faz quando zangado. Dorme com o revólver no travesseiro!

Dei um pulo e ouvi, podia jurar que ouvi a mulher lá no quarto: *Está acordado, velho?*

Odete desmanchava-se em beijos, ó travo enjoado de sarro. Apressei o trem que me levaria para longe. Tatalando as asas, galos bradavam às armas.

— E o meu cigarro?

— Não tão alto. Se teu pai ouve?

— Quer que vá embora, não é?

Aos poucos a empurrava fora da cama. Ela deu um salto. Apanhou a carteira no paletó, deitou-se outra vez. Dos quatro cigarros, dei-lhe dois:

— Um para depois no teu quarto.

Odete cobriu a cabeça com o lençol, esbateu o clarão do fósforo. Apertava-me a mão contra o seio murcho. Cada vez mais alto:

— Agora não me quer mais. Parecia um louco. Já está diferente.

— Por favor, fale baixo.

— Que eu vá embora, não é?

— Até gosto que fique.

Relinchou um cavalo escarvando na terra. Quer escândalo comigo aqui. Nunca mais hei de ficar nu.

— Diga. Diga que eu vá embora.

— É tarde, meu bem. Melhor voltasse para o quarto. Teu pai pode acordar.

Não respondeu; acabou de fumar e sentou-se na cama. O relógio da igreja bateu as horas. Ó Deus, que suma daqui... Suor frio pegava-me à colcha: o velho com o revólver!

Um cachorro latiu ao longe, outro respondia cada vez mais perto. Afinal ia embora; em despedida, afastei-lhe os cabelos da nuca e depositei casto beijo. Ela voltou a se deitar. Cresceram ruídos no quarto do casal.

— Não se mexa. Bem quieta.

Odete acendeu outro cigarro. Tragando, a brasa incendiava-lhe o rosto: duro queixo, olho sem piedade. Da madeira antiga os estalidos sinistros no corredor? Um lugar debaixo das cobertas para esconder a nudez vergonhosa — não cabíamos os dois. Odete gasta e seca, mas nádega de mulher não encolhe.

O soalho repercutia os rumores. Meu coração um sapo coaxando no pescoço. De repente a porta abriu-se. Odete deu um grito, alguém acendeu a luz.

Beto

O desgosto do velho Tobias é o filho: a medonha carinha vermelha de mongoloide.

— É tarado — desculpa-se e corrige. — Doente de nascença.

Um bicho em criança, andava de quatro, a língua de fora; aos pulos, subia na árvore com a agilidade do mico. Amarrado com os cachorros no fundo do quintal. Escapando, arrastava a coleira pela rua — uma correria entre as crianças. Cabeça bem pequena, nariz purpurino, um guincho selvagem. Aos vinte anos, engrola as palavras — a língua uma ostra que não engolia.

— A omba oou...

A pomba voou. Mais que as surras de correia do pai, domesticava-o a paciência amorosa da velha Zica. No sábado apara-lhe as unhas e dá um cigarrinho para que aceite o barbeiro; inquieto na cadeira, três talhos no pescoço atarracado.

Enxuga a louça para a mãe, sem quebrar um prato. Traz água do poço, corta lenha, lida na horta. Tem paixão pelo casal de garnisés. Ganhou da mãe um vira-lata, mestiço de fox, envenenado pelo fiscal da prefeitura.

— Matou o Foc. Ele que matou o Foc. Deu bolinha pro Foc.

Implica com o vizinho:

— Quando é que ele sai? Tire o homem, pai. Ele deixou crescer o mato.

— Daqui a quatro luas o homem sai.

— Tá em...

Sofre o feitiço da lua. Corre pelo pomar, atira pedra no garnisé. Pendura-se na cerca para chamar a pombinha. Dona Zica pergunta, intrigada:

— Será que chove, Alberto?

Somente com a mãe conversa de boa sombra. Imita o pai, mão cruzada nas costas, a cabecinha inclinada no ombro. Ostenta o cigarro de palha na orelha. De repente, beijando a mão e virando os olhos, revela à dona Zica os amores escondidos do marido.

— Tá uim, n'é?

— Está, sim.

— Pode que ele saia.

— Quem?

— O homem porco.

Pede licença ao vizinho, que o garnisé pulou a cerca. Pergunta pelo Foc. Ou pela pombinha que voou e não voltou. Quer seduzir a criadinha, fuma o cigarro apagado, de cabeça para baixo na laranjeira. A menina sorri, um pouco assustada. Beto pisca o olho, a flor de espuma no canto da boca.

— Ela riu para mim. O pai deixa?

— Eu deixo — responde Tobias, divertido. — Mas e o homem?

— É brabo.

Um circo chegou à cidade. Durante o desfile, sacode a cerca, xinga os bichos:

— Ilhos das ães!

— Beto, olha lá o leão.

Não dorme com os urros do leão doente: buzina rouca de fordeco.

A mãe o encontrou, véu no rosto, as imagens do oratório dispostas em fila.

— A Maria louquinha para casar. A Maria chora.

A casa do homem tem raposa.

— Ele vai se mudar daqui a três luas.

— Que deixe a Maria.

E encostando no ouvido o relógio sem ponteiro:

— Agora são quinze minutos.

O circo foi embora. Despede-se a criadinha, medrosa do Beto que, só de amor, espreme vagalume na unha fosforescente. Imita os saltos do sapo barrigudo. Com uma vareta risca-lhe a pele enrugada e, ao leite das feridas, baba-se de gozo.

Na tarde calmosa corre de um lado para outro, toda a língua de fora. Chama a pombinha. Sai atrás do garnisé. Dona Zica gemendo de dor nas cadeiras:

— É a chuva, Alberto?

Recolhe a roupa do varal, pronto caem os primeiros pingos.

O Roupão

Mal apertei a campainha, Lúcia abriu a porta.
— Pensei que não viesse.
— Eu prometi, não foi?
— Com essa chuva. Só pode ser amor!
Entreguei a capa e o guarda-chuva, que pendurou no banheiro.
— Um pingo no soalho, ele sabe quem foi.
— Antes de bater... Não era voz de homem?
— Bobagem, meu bem. Só nós dois.
Sentados cerimoniosamente na sala, ela no sofá, eu na poltrona.
— Aceita um licorzinho?
— Não, obrigado.
— Deve ter molhado os pés.
Magra e seca, o andar desengonçado de quem não tem quadris. Trouxe dois cálices na bandeja.
— Não me pegue, meu bem. Você derrama.
Questão de bater o cálice colorido:

— Ao nosso amor!

Por que o arrepio do olho na nuca?

— É verdade, quase não vinha.

— Ah... — estalou a língua, o dedinho espevitado.

— Medo do que podia acontecer. Tão lindinha. Só nós dois...

— Lindinha já fui.

Apesar dos protestos, encheu novamente o cálice. Era licor enjoado de ovo. Estremecia a cabeça e, revirando o olho, que o marido a deixou por uma negra, e negra horrorosa aquela! De maneira que nada valia ser bonita.

— Acha que tenho dente postiço?

— Seu dentinho é perfeito, meu bem.

— O que você pensa. Estes dois? São falsos. Um soco do meu marido.

— Barbaridade!

— Bem de abandoná-lo, não fiz? Eu o enganava, é certo. Não tinha o direito de me bater, tinha?

— Um monstro moral, meu bem.

Ergueu-se do sofá, toda dengosa instalou-se nos meus joelhos.

— De maneira que me acha lindinha?

— Me deixa louco.
— Você é casado.
— E daí?
— Adora sua mulher, não é?
— Adoro.
— Não pensou um pouquinho em mim?
De pé, mão na cintura, uns passos requebrados.
— Não me acha frufru?
— Acho.
— Me enfeitei para você.
Mesmo frufru, em musselina rosa, sapato de crocodilo, figa no pulso quase transparente. Do sofá estendeu-me os braços.
— Aqui no meu colo.
— Muito pesado.
Sentindo-me ridículo — coitada, é tonta! — fiz o que pedia: ó joelho pontudo.
— Tão gorduchinho! Já viu o meu relógio?
De pulso, dourado, tampa de mola.
— Presente do Oscar.
Mil beijinhos no pescoço. Óculo embaçado, guardei-o no bolso da lapela. Ela me examinou de olho crítico.
— Tão diferente.

Perturbado, quis beijá-la.

— Não. Ponha o óculo. Mais engraçadinho.

Outra vez recuou a cabeça.

— Seja tão apressado.

Na bolsa de crocodilo achou um bombom. Descascou, inteiro na boca. Agarrando-me a cabeça, abriu os meus lábios com a língua, insinuou o chocolate. Eu o devolvi. Segunda vez na minha boca. Então o engoli. Mordisquei enorme pérola na orelha.

— Presente do Oscar?

— No ombro... morda...

Que chupasse o ombro até deixar sinal.

— Oscar tão desajeitado. Me morde a perna.

Ergueu o vestido para exibir as marcas roxas.

— O vestido novo, querido. Aqui não.

Pela mão conduziu-me ao quarto.

— Não fecha a porta?

— Nenhum perigo.

— Será que não vem hoje?

— É dia da família.

Aos beijos derrubei-a na cama de casal.

— Que horror! Espere um pouco, meu bem.

Sem pressa desabotoando o vestido.

— Este vestido, quanto custou? Combinação elegante, não é? Último modelo. Oscar doidinho por mim. Onde está o óculo? Quero você de óculo. Que eu tirasse a camiseta:
— Para encostar a barriguinha.
Esfregou no rosto a camiseta de meia:
— Ai, que gostoso!
O retrato na mesinha de cabeceira.
— É ele?
Que sim com a cabeça.
— Um velho!
— É forte, o velho.
Para provar que era, Oscar a erguia nos braços, ele de roupão, ela nua, dava uma volta no quarto. Mordia-lhe as pernas e atirava-a na cama.
— Um favor, querido?
— O que quiser.
— Vista o roupão.
Estendido na cama o fabuloso roupão vermelho.
— Muito grande.
Arrastava pelo chão, cobrindo-me os pés, obrigado a dobrar as mangas. Por que não ia olhar atrás da porta?
— Dois de mim.

— Só tem tamanho.
— Que tal se entra agora?
— Fique sossegado.
Três anos sustentada por ele. Baba-se todo quando a beija, inteirinha arrepiada. Com ela nos braços, lança-a de repente sobre a cama. Duas vezes quebrou o estrado. Para baixar o sangue da cabeça, Lúcia faz-lhe cócega no pé. Medo de um ataque, na idade dele não é brincadeira. Todas as noites, menos uma. Uma noite por semana destinada à família.
— A mulher não desconfia?
— Ela sabe. Me telefonou uma tarde. Olhe que é ter classe! O problema é do Oscar, minha senhora, não meu. A senhora chegou tarde. De maneira que... Me alcance a combinação, querido.
Cobri piedosamente a nudez obscena de magra. Pediu um cigarro, que o acendesse na minha boca. Tragou de olho fechado.
— Cuidado, a cinza no tapete. O velho descobre.
Olhou dos lados e segredou que tinha nojo. Já arrasta os pés, ainda quer ser homem. Morrem de tédio um ao lado do outro. Lúcia pinta as unhas. Ele, boné e manta xadrez, da janela cospe na rua, esconde-se

quando acerta em alguém. Sempre com um elástico a matar mosca: *Elas não têm fim, Lúcia. Não acabam nunca.*

Com um suspiro devolveu o roupão ao pé da cama. De repente em voz alta:

— Mania dele. O roupão no mesmo lugar.

Na porta ofereceu-me a capa e o guarda-chuva.

— Você volta, meu bem?

— Que barulho foi esse?

— Nada não, querido. Uma goteira. Volta mesmo, querido? Coisinhas do outro mundo para contar.

Fim do corredor, apertei o botão. Da porta Lúcia atirava beijos. Abriu-se o elevador; dei um passo e, ao acenar adeus, vi o braço vermelho que a puxou para dentro.

O Baile

Baile no paiol de dona Querubina, com gaiteiro, foguete, cachaça. Grande harmonia até que Tobias, por efeito do vinho doce de laranja, pôs-se a quebrar copo e garrafa. Mestre do botequim, o marido de dona Querubina protestou.

— Por enquanto é garrafa, logo é cabeça de negro — acudiu Tobias. — Aqui não tem homem.

Mais que ligeiro ferrou uma cabeçada no velho Emílio, que rolou aturdido, a cuspir sangue. Exibindo a faquinha, Tobias em altas vozes:

— Quando não tem vinho bebo sangue de gente.

No salão queria cortar a harmônica, impedido a muito custo. Pulava com as damas, ora de um jeito, ora de outro. Com as que eram moças e as que não eram; se alguém se doía, viesse tirar satisfação.

— Aqui ninguém me aguenta!

E verteu água na frente das senhoras que, virando o rosto, fugiram para a cozinha.

No mesmo instante agredido de todo lado. Acabada a confusão, foi largado no terreiro, dormindo debaixo da gaviroveira.

Meia-noite a festa seguia animada. Diogo foi entrando pela cozinha e insultando de *Carniças* e *Filhos da Mãe* os presentes. Já acabava o baile, ameaçou de rabo de tatu, ainda mais a velha alcoviteira Querubina.

Chapéu na cabeça e rebenque na cinta, desacatou o velho Emílio, não era homem. Rebateu o velhinho que era homem, mas não para brigar.

Com o rabo de tatu Diogo espancou um e outro. No meio de grande alarido, perguntou se alguém achava ruim. Como ninguém se manifestasse, anunciou que ali não havia homem. O cidadão de nome Sizenando bem calmo:

— Sou homem para qualquer desfeita.

Diogo saltou a janela, com o punhal riscava o chão:

— Aqui não tem homem.

— Já tirei faca de macho, quanto mais de porqueira.

Sizenando sacou do revólver. O valentão derrubou a faca, aos berros:

— Ai, meu Deus, estou atirado!

Correndo ferido, sumiu na escuridão.

O baile continuou na mais completa ordem até as duas da manhã. Eurides convidou uma dama para dançar e a desrespeitava no salão. Honesto e trabalhador, gostava de conquistar as moças e quando bebia era provocativo.

— De corno virado, moça? Tão soberba, não quer valsar?

Repelido, proibiu que dançasse com outro. O noivo da moça, ao ver que o parceiro a apertava, agarrou uma garrafa e vibrou-a na cabeça de Eurides, que caiu tonto entre cacos de vidro. Dois convidados conduziram o ferido para o terreiro.

Aníbal saiu a bailar com a moça. O outro a seu lado, sem desviar o olho vermelho:

— Ter uma conversa lá fora.

A noiva correu para a cozinha. Dona Querubina acudiu com água de açúcar. No terreiro, ares de provocação, Eurides tirou o punhal e enfiou-o na cinta, fora da bainha.

— Não se chegue que eu te corto! — bradou Aníbal, ao mesmo tempo que recuava.

Eurides exigia explicação da garrafada. O moço o acusou que era muito sem consciência ao não respeitar a noiva alheia. Riu-se o outro que, se algum dia tivesse noiva, podia com ela proceder de igual maneira. Sacando da faca, quis atingir Aníbal. Esse rebateu com a mão esquerda, espirrou sangue. Eurides tentou segunda vez. O noivo deu um pulo para trás, o golpe furou a camisa. Aníbal pegou do punhal, o outro investiu. Esperou-o de braço estendido: com todo o peso do corpo, o peito de Eurides trespassado. Virou-se com grito de espanto, correu e caiu de cara no chão.

Aníbal foi buscar a noiva e, passando ao lado, nem olhou para o morto.

Dona Querubina pediu ao gaiteiro a valsinha Lágrimas de Virgem. O baile continuou animado e na mais perfeita paz até o dia nascer.

Caso de Desquite

— Entre, Severino.

Cruza a perna e pendura no joelho o chapéu de aba larga. Tira um cigarro de trás da orelha, acende o isqueiro: incendeia-se a palha, abafada por dois dedos encardidos.

— Fui criado pelos Seabra, doutor. Me separo da mulher porque sou homem de honra. Achar novo pouso. Lá no meu rancho, da vida de ninguém não sei. E um vizinho fez intriga da mulata para a minha velha.

— Que mulata é essa, Severino?

— Uma conhecida, doutor... A Balbina. Dá dois aqui do hominho — e travesseiro bom está ali.

— Não entendo nada, Severino.

Com a unha negra do polegar alisa a costeleta:

— A velha é uma jararaca, doutor. Fui tocado de casa, está bom? Há uma semana que durmo no paiol. Nem por Santa Maria quero mais saber dela. Olhe, doutor, nem por São Benedito, está bom? Para me ver livre, deixo tudo para ela, o rancho, o palmo de terra. Não os trens de homem: a carroça, a ferramenta, a cachorrinha que é de estimação. Só que deve desistir da pensão. Agora é a vez dos filhos trabalharem.

— Quantos filhos, Severino?

— Onze, doutor, um morreu, agora são dez. Sete casados e três solteiros. O hominho aqui é dos bons.

— Do lado de quem estão?

— O filho é sempre um ingrato, doutor. Todos do lado dela.

Apagado o cigarro, ele risca o isqueiro, a labareda chamusca uma ponta do bruto bigode.

— Olhe aqui, doutor, se ela insiste muito, pode ficar até com a cachorrinha.

— Quantos anos de casado?

— Mais de quarenta, doutor. Estou com setenta, casei com vinte e cinco. Não pareço, não é, doutor? Aqui entre nós, ainda sou dado às mulheres.

— É a vez da mulata, hein, Severino?

— Ninguém pode ver a gente feliz. Um vizinho veio com enredo... Já lhe conto, doutor, quem é esse. Por mim não sei da vida de ninguém. O que me dizem entra por este ouvido e sai pelo outro.

Ao tragar, repuxa a boca desdentada. Mal se põe a falar, o cigarro apaga. Às primeiras palavras, ainda se lembra de espertar a brasa e arrebatado gesticula com o palhinha.

— A verdade, doutor, é que sou enganado. Uma história antiga. Muitos anos de foguista. Fazia fogo a noite inteirinha. Ela e os onze filhos dormindo. Ela, regalada, dormindo. O hominho aqui no fogo.

— Já suspeitava naquele tempo?

— Até que não. Homem é bicho confiado, não é, doutor? No baile que eu descobri. O casamento de uma filha. Cainho nunca fui, doutor. Quando caso a filha dou baile. Fui à delegacia pedir o alvará. O delegado destacou o inspetor de quarteirão, o João Maria, o tal vizinho.

— Que vizinho é esse?

— O que mexericou da mulata para a minha velha. Não gostava do homem, por isso não convidei. Foi como inspetor e foi bem recebido. Meio do baile, imagine só, doutor, vai o João Maria até a cozinha, pega na mão de minha velha. Grávida do último filho, já nos oito meses. E nem pediu permissão.

— Se ele tivesse pedido, Severino?

— Então eu deixava, doutor. Não sou mal-educado, está bom? Não pedir licença é desfeita ao marido. (Engole em seco.) Uma afronta, doutor. Uma valsa, me lembro até hoje. Fiquei brabo, os convidados repararam, só cochicho pelos cantos. Acabada a valsa, o silêncio no salão. Todos olhavam para mim. Outro cigarro do colete. Repete a operação com o isqueiro, sufoca nos dedos a língua de fogo.

— Todos olhavam para mim, doutor. Precisava fazer alguma coisa. Com voz grossa eu gritei: *Gaiteiro, agora toque Saudades do Matão*. Sabe o que fez o João Maria? (Aviva a brasa indócil.) De novo tirou a mulher lá na cozinha. Daí perdi a fiança, está bom?

— Ora, Severino, isso nada significa.

— Ah, doutor, me controlei para não acabar na cadeia. Certo de que a velha me enganava.

— Certeza, Severino?

— Sou homem de trabalho. A pensão, essa, não dá para nada. Ganho a vida com o carrinho: vendo banana, compro garrafa, puxo lenha. Não podia seguir a velha o dia inteiro. É muito ladina. Pelos sinais do lençol eu via tudo. Então que me engracei com a mulata. A velha se enciumou e me correu de casa.

Atrás de mim com um pilão de milho. Homem não tem direito, doutor? Jurou que me arrancava o cabelo. Chegou a agarrar quando eu me escapei.

— E a mulata na história?

— Não é feia nem bonita. Careço de alguém, doutor, que cuide de mim (leve sorriso). A velha tem por ela os dez filhos.

— Não é isso, Severino. Algum caso com a mulata?

— Tem um rancho na beira da estrada. Lava roupa para fora, doutor.

— Ora, conte a verdade. Você é homem, Severino. Forte, bem disposto.

No riso mostra a gengiva com apenas dois caninos. Olha a porta fechada. Do bolso retira a meia riscada de algodão.

— Presente da Balbina.

Muito sério, acende o cigarrinho.

— Qual a sua opinião, doutor?

— Não é motivo para desquite.

— A velha é uma assassina. O anjinho nasceu fora do tempo. Por causa das valsas, doutor. Nasceu e morreu, o meu menino... Foi castigo. Era um menino, doutor.

Três batidas na porta.

— É ela.

— Deixou a mulher esperando, Severino?

— Lá fora, doutor. Então nada feito?

— Meu conselho é a reconciliação. Agora uma pancada mais forte. Espeta na orelha o cigarro apagado.

— Posso ficar com a mulata, doutor?

— Poder, pode. Mas não deixe que a mulher saiba.

— Obrigadinho, doutor. Faço a velha entrar?

Severino abre a porta; a cabeça dele chega ao ombro da mulher, que traz uma garota pela mão. Ela senta-se, repuxa o longo vestido, esconde o chinelinho pobre.

— Vexame de incomodar o doutor (a mão trêmula na boca). Veja, doutor, este velho caducando. Bisavô, um neto casado. Agora com mania de mulher. Todo velho é sem-vergonha.

— Dobre a língua, mulher. O hominho é muito bom. Só não me pise, fico uma jararaca.

— Se quer sair de casa, doutor, pague uma pensão.

— Essa aí tem filho emancipado. Criei um por um, está bom? Ela não contribuiu com nada, doutor. Só deu de mamar no primeiro mês.

— Você desempregado, quem é que fazia roça?

— Isso naquele tempo. O hominho aqui se espalhava. Fui jogado na estrada, doutor. Desde onze anos estou no mundo sem ninguém por mim. O céu lá em cima, noite e dia o hominho aqui na carroça. Sempre o mais sacrificado, está bom?

— Se ficar doente, Severino, quem é que o atende?

— O doutor já viu urubu comer defunto? Ninguém morre só. Sempre tem um cristão que enterra o pobre.

— Na sua idade, sem os cuidados de uma mulher...

— Eu arranjo.

— Só a troco de dinheiro elas querem você. Agora tem dois cavalos. A carroça e os dois cavalos, o que há de melhor. Vai me deixar sem nada?

— Você tinha a mula e a potranca. A mula vendeu e, a potranca, deixou morrer. Tenho culpa? Só quero paz, um prato de comida e roupa lavada.

— Para onde foi a lavadeira?

— Quem?

— A mulata.

A mulher firma com o polegar a dentadura superior, que embrulha a língua.

— Ele não responde, doutor? É que, a mulata, um polaco roubou.

Nunca foi lavadeira, está bom? Prove, se puder Homem tudo pode, nada pega. Mulher é diferente.

— É a história do baile, doutor, oito anos atrás. Duas marchas que eu dancei. O casamento da mãe desta pequena.

Afaga o cabelo da neta, mais interessada na folhinha da parede.

— Negue para o doutor que me perseguiu com a mão do pilão.

— É certo, doutor. Dei com a mão do pilão, porque ele virou bicho.

— Deu, não. Quis dar.

— Não dei porque fugiu.

— Mas não deu, está bom? Sou estimadíssimo na praça, doutor. O prefeito e o delegado a meu favor.

— Conversei com o Severino, minha senhora. Disposto a fazer as pazes e dormir em casa. Uma família com dez filhos... depois de tantos anos...

— O doutor manda e não pede. Então eu volto. Ela que não me azucrine. O hominho aqui é brabo.

Sorri, entre desdenhosa e conciliadora.

— Então assunto resolvido.

A velha despede-se, vai até a porta.

— Pode ir na frente. Uma palavrinha com o doutor.

Ela desce os degraus, mão dada com a menina. Parando, volta a cabeça. Severino esfrega a costeleta, indeciso.

— Nada feito, doutor?

— Paciência, Severino. Não é caso de desquite.

Aperta no pescoço o lenço encarnado. Bate com o salto da botinha no patamar.

— Homem é homem, doutor. Faz tudo, nada pega. Mulher é diferente. O João Maria foi lá dentro, tirou a velha, está bom? Não pediu licença, fosse coisa dele. Não é prova, doutor? *Saudades do Matão* — eu grito para o gaiteiro. Ele convida de novo a mulher lá na cozinha? O doutor estude bem o caso, eu volto outro dia. Olhe aqui, doutor, o gaiteiro mora em Curitiba, ele se lembra até hoje.

O Coração de Dorinha

Magra, pálida, olho arregalado, Dorinha pode morrer de uma hora para outra. Dona Iraide, abandonada pelo marido, adora a filha, quer para ela tudo o que não teve. Matriculou-a no colégio das freiras e depois na Escola Normal, onde se diplomou com distinção.

— Mãe, o coração para de repente...

O coração suspenso, nunca mais o escuta. Perde o pulso, formiguinha que desaparece na manga do casaco. A mãe acode com as gotas de coramina.

Menina feia, dente amarelo, longa trança negra no pescoço de brancura fria. No baile, dona Iraide segue aflita as evoluções da filha. Dorinha jamais dançou o bis. Ofegante no fim da valsa, o rosto sem pingo de sangue. Na mão tremida a luva de crochê disfarça a unha roxa.

Dorinha ama o bailarino, o artista de cinema, o cantor de rádio, de todos apaixonada. Suspirando por algum rapaz, eis a parada no peito. Gasto o pequeno coração de tanto amor, até pelos alunos vive enfeitiçada. Na penumbra do cinema, a custo se retém de beijar o velho barbudo ao lado.

Conselho do médico, dona Iraide sai com a filha em lenta caminhada — aos dezoito anos branqueia, ó não, o maravilhoso cabelo.

Dorinha sonha muita vez, horror! Debate-se nos braços de um tipo que gargalha, cínico: *Para trás, miserável!* O bruto enrola os bigodes e volta à carga. Ela foge, ele cada vez mais perto: *Minha, enfim!* A penitência do padre invariavelmente cinco padre-nossos e cinco ave-marias.

Mil promessas no diário: *Não fumar mais que três cigarros por dia.* Copia pensamento da revista: *O amor é sonho nebuloso.* Ou suplica: *Deus, por que me deixou doente? Um milagre na minha vida, eu fique boa. P. S. — Por favor, meu Deus.* Ou então: *Comprar novelo de lã; gordo e gorda por toda parte.* Ai, se dona Iraide suspeitasse: *Não andes pela estrada ao sol em busca de um pouco de amor. Por que mais sarda no rostinho feio?* E frase misteriosa: *Ela se despiu diante do espelho. Beijou a carne fria. Roeu o dedo e cuspiu a unha.*

Sem apetite lambisca uma asa de galinha, faz careta para o remédio. Amargo. *Pratinho quente de mingau? Por favor, mãe, eu não quero.* Ao sair para o grupo, belisca o rosto descorado. Ah! beijo de fogo lhe arrepia a nuca... sozinha no quarto. Ergue a mão contra o sol, enxerga através dela? Cultiva profunda simpatia pelos três viúvos da cidade. Único ódio são os gordos.

Seguindo detrás da cortina os moços — nem um olha para ela —, sonha com o noivo querido, que arrasta no chão a capa preta, forrada de seda escarlate. Fero príncipe, que se recusa: *Senhorita, não suporto chá com bolacha Maria.*

Na tarde cinza de inverno chega febril em casa. O guarda-pó dobrado no braço, pendura-o no cabide do corredor. Abraça a mãe sentada à máquina de costura.

— Que beijo frio, minha filha...

À janela, afasta a cortina de chita com bolinha, espia um dos viúvos tristes. Volta-se para dona Iraide e, a mão no peito, cai morta.

Com os gritos a casa enche-se de gente:

— Minha filha, acuda. Que é que eu faço, meu Deus?

Acorre o médico e constata o desenlace. Dona Iraide não se conforma, as mãos juntas:

Faça qualquer coisa, doutor. Salve minha filha!

Na hora do enterro desaba violenta chuva. Atrás do caixão branco, dona Iraide sem abrigo, a cabeça nua. As colegas de Dorinha, sapato na mão e risinho fagueiro, pisam nas poças.

Gemendo de aflição, dona Iraide é lamentada pelas velhas na janela. Os retardatários unem-se ao cortejo, únicos de guarda-chuva. Dilúvio despeja-se do céu, grossos pingos batem com fúria no caixão.

Encomendado o corpo na igreja, e ainda com chuva, dona Iraide acompanha a filha ao cemitério. Na sepultura do padrinho aberta uma cova, cheia de água suja. Com aquela água, a mãe não permite que enterrem Dorinha — o vestido ficaria estragado. A chuva cai torrencialmente. Dois coveiros com baldes procuram esvaziar a fossa. Pede-me dona Iraide que cubra a filha com o guarda-chuva.

Impossível esgotar o buraco, sempre um pouco d'água no fundo. Enfim a mãe consente que baixem o ataúde. Dispersa-se o povo, sacudindo a terra vermelha dos sapatos.

Dona Iraide vai para casa e não dorme: o quadro do caixão na água. Com permissão do prefeito, manda erguer às pressas um túmulo no alto do cemitério. Na tarde gloriosa de sol assiste à exumação. Desenterrado o esquife, exige que seja aberto, se a filha não está molhada. Os coveiros recuam, ela penteia a cabeleira grisalha da moça. Então voltou em paz para casa.

Dia de Matar Porco

Aos setenta anos, Onofre era velhinho sem moral. Bebia desde manhã e, borracho, maltratava a mulher. Por vezes, recolhia dama no sítio, atropelando a companheira. Os filhos casados, a pobre pedia pouso na vizinhança. Enfim o recado que voltasse para ele. Onofre tornava a beber e batia sem dó. Fugiu Sofia para casa de uma filha, descansar um pouco das surras e, ao mesmo tempo, esperar que se acalmasse. O velho resolveu carnear um porco, avisou que viesse lidar com o bicho. Quem atendeu foi a filha Natália.

— E a mãe, onde está?

— Lá em casa.

— Se ela não vem, eu vou lá. Esfolo uma por uma.

Recebido o recado, a dona achou melhor voltar. Deu com a porta aberta, garrafa vazia por todo canto. Acendeu o fogo para derreter a banha.

— Ah, você está aí? É bom, porque é teu dia. Hoje acabo com tua vida.

Onofre investiu a soco e pontapé:

— Outra vez fique em casa e cuide do teu homem.

A velha livrou o braço, ferrou-lhe as unhas no rosto:

— Eu ando onde quero. Você não me manda.

A muito custo, Sofia chegou até a janela. O velho empinou a garrafa para cobrar fôlego. Ela rolou no monte de lenha picada. Onofre saiu cambaleando:

— Será que esta cadela fugiu?

Escondida debaixo da carroça, ouvia-o estralar o chicote.

— Se não fugisse, hoje o fim da tua vida.

Era ela o porco que o velho pretendia carnear. Onofre a buscava no paiol. Ela entrou em casa, armou-se com a espingarda pica-pau, de chumbo perdigoto.

— Ah, você está aí.

— Olhe o que me fez, seu bandido.

Onofre espiou de longe, meio ressabiado. A velha toda ferida era uma sangueira.

— É só pelanca. Já não preciso de você. Outra mais moça.

Sentou-se no banco diante da casa. Bebeu no gargalo: ia embora do sítio, antes acabava com todos. Fingiu de dorminhoco para que Sofia se distraísse.

Com grande alarido vibrava chicotadas na perna, gostando de ver os pulos aflitos da mulher, que trazia na orelha esquerda a marca de uma dentada.

— É certo, velha, que teve um filho em solteira?

— Isso eu não conto. Isso não há de saber até o dia de tua morte.

Aos gritos chegou a filha Natália:

— Que é isso, pai?

— A porqueira me fugiu.

Sofia surgiu de trás da cerca.

— Não fugi. Estou aqui.

Apesar de embriagado, Onofre estava firme. Corria de um lado para outro, estralava o chicote. Então a espingarda explodiu, levantando um bando de passarinhos no caquizeiro, o velho foi ao chão. Era tiro de espingarda pica-pau e foi para assustar, mas acertou na barriga de Onofre. Caiu de costas, meio que se ergueu e voltou a cair.

— Velha, me acuda. Estou atirado.

Olho branco, estirou-se no terreiro. Pediu um gole d'água. Sofia trouxe a caneca. Estava mudo, a garrafa na canhota, o chicote na destra. Bem quieto, assim escutasse o pio dos pardais que anunciavam chuva.

Bailarina Fantasista

— É amante da Helena. Confesse.
— Confesso coisa nenhuma.
— Meu bem, por que nega? Eu perdoo.
— Está louca, Elza.
— Faço nada. Só quero saber.
Ângelo deitado de pijama quando ela, tesoura na mão, chegou à porta.
— Sei quem é tua amante.
— Então diga.
— É uma loira.
— Quem te contou?
— A sortista.
— Está brincando, Elza.
— Ela nunca se enganou. Disse que você sustenta essa loira. Por isso chega tarde em casa.
— Mas eu não chego tarde. Sempre juntos à noite.
— O encontro de dia, não é? Mentir não adianta, meu bem.

Investiu contra ele, tesoura em punho. Elza era grande e forte, com dificuldade a desarmou.

— Sei que tem amante. Agora tenho certeza.

— Outra sortista, não é?

— Não me faz carinho. Sem amante não seria tão indiferente.

— Acha que posso te agradar, depois de tudo que me fez? Toda vez que entro em casa é uma cena. Se você me beija, reajo como homem. Mas ir atrás, tenha paciência, isso eu não posso.

— Nunca vi maior mentiroso.

Não o deixava atender ao telefone, cheirava-lhe a roupa, revirava o paletó atrás de cabelo loiro. Em sobressalto, Ângelo despertado de sonho pavoroso. A luz acesa e, ao lado da cama, Elza afundava-lhe docemente a barriga com a ponta da tesoura.

— Não vai doer, querido. Nem vai sentir.

Soluçando, atirou-se ao seu peito, faminta de beijos.

Separados de comum acordo. Ela exigiu os filhos, a casa, o carro, uma mesada. Concordou e mudou-se para um hotel. Elza frequentava clube noturno, procurava-o no escritório para contar do moço muito carinhoso — os outros não eram frios como ele. Ângelo ouvia quieto e calado.

Uma noite em que se dirigia, encolhido à sombra das árvores, do escritório ao hotel, um carro derrapou a seu lado, reconheceu os dois toques de buzina. Era ela, que o convidou a subir. Embriagada, saiu em corrida furiosa.

— Medo de morrer, meu bem?

— Pode me matar, é favor. Mas um de nós tem de cuidar das crianças.

Os faróis acendiam um, dois, três olhos de bicho noturno.

— Peça perdão do mal que me fez, seu miserável.

— Tudo que quiser. Agora dirija como pessoa sensata.

— Você me dá pena, querido.

Com a violenta freada o carro quase capotou, ela o mandou descer. Obedeceu e, erguendo a gola do paletó, perdeu-se na estrada deserta. Os faróis assassinos a persegui-lo, mas não se afastou, disposto a morrer com dignidade.

— Suba, seu porco.

Sem discutir, subiu. Aquela noite dormiram juntos. Dia seguinte, escondido dos vizinhos, saiu bem cedo. Para não pensar esqueceu-se no vício. Jogava noite inteira, bocejava no escritório. Caso discreto com uma viúva, a única mulher desde a separação.

Nos braços do amiguinho, Elza encontrou-o na boate. Aos gritos, rasgou o vestido da viúva, sacudiu-a pelo cabelo. Sem piedade os atormentava, jurando arrancar com as unhas o olho azul da outra. Mão arranhada no bolso, Ângelo voltou a ficar só.

Um inferninho anunciou com estardalhaço a próxima atração:

TÂNIA

BAILARINA FANTASISTA

No cartaz a fotografia colorida de Elza, quase nua: *Estrela do bailado afro-brasileiro!* Ao batuque do tambor, entre as piadinhas cruéis da canalha, saracoteava pobre imitação de hula-hula.

Desonrado, em desespero, Ângelo decidiu matá-la. Só o pensamento dos filhos o afligia. Foi à procura do sogro:

— O senhor não pode fazer nada? Ela me arruinou, ainda não está satisfeita. Se oferece aos meus amigos e vem me contar.

— Muita dó de você, Ângelo.

— Pedir à sua filha que me deixe em paz? Não viu no jornal o retrato nudista? Assim que recebe os amiguinhos.

— Eu não tenho filha. Para mim é morta.

Abriu a gaveta da escrivaninha:

— Tome este revólver e seja homem!

Ângelo apanhou a arma, foi até a porta.

— Meu filho.

Virou-se em silêncio.

— Se não matar aquela perdida... Quem te mata sou eu!

O revólver pesava-lhe no bolso, nunca dera um tiro. E gemia: Meu Deus, que será de mim? Rondou os clubes suspeitos, escondido atrás dos carros. Quando a viu, nos braços de um gordo, agarrou o cabo de madrepérola. Queria matar e queria morrer, mas não tinha coragem. Cabeça baixa, voltou lentamente ao hotel: era um manso.

A Visita

Alceu não saiu dois dias, de cama com gripe. Terceiro dia Ema foi visitá-lo, acompanhada da filha.
— Por que trouxe a menina?
— Não ficar falada. Deu-lhe uma revista, trancou-a no banheiro. Deitou-se com ele, que se desculpava da barba comprida, o pijama cheirando a suor.
— Não faz mal, eu gosto.

Mordia os dedos e rolava a cabeça no travesseiro, queixume de amor tão sentido que, arranhando a porta, Verinha chamou: *Mãe, é você, mãezinha?*
— Nem a fumaça do teu cigarro me deixa em paz.
— Jure que foi a primeira vez.
— Juro, meu amor.
— Ah, confessa que houve outros. Muda de homem como de grampo no cabelo.
— Não me torture, por favor. Sou tão infeliz. Não basta que mamãe... O que mamãe era. Entrei no quar-

to sem bater, lá estavam os dois. Já desconfiava de tudo. Quando eu chegava, ele tinha o cabelo molhado. Ah, o senhor por aqui? Mamãe não conseguia se conter e gemia de noite. Eu, no sofá da sala, perguntava o que era. Dor de dente, dizia ela, sem abrir a porta. Aquela manhã os dois na cama, fui lá para mamãe costurar a minha blusa. Com o susto deixei cair a alça... Aos doze anos, de ombro curvado e, se alguém me olhava, cruzava os braços. Não gostava de Nestor, não sei por quê. Mamãe lavava-lhe a cueca e engomava a camisa. Ele passeava com a outra. Ela falando e ele afiava a navalha naquela cinta preta de couro (corta o pescoço dela, eu pensava, ainda corta o pescoço). Depois se barbeava, olhando-a pelo espelho. Botava o chapéu e batia a porta, sem tomar o café ali na mesa. Você não sabe de nada. A mulher dele morreu, mamãe não podia ir ao enterro. Domingo não me queriam em casa, desde que surpreendi os dois no quarto. Mamãe deixou de ir me buscar no colégio. Se fui ao enterro? Eu tinha de ir, meu bem. De uniforme o domingo inteiro, à espera de quem não aparecia. Eulália tinha pena de mim. Me levava para o quarto, presenteava com bombom, grudento no papelzinho prateado. Eu morria de medo, a porta aberta, não se cansava de me beijar na boca. Nestor abandonou mamãe e nada lhe deixou, até um rádio velho levou com ele. Casou-se com outra, o bandido. Eu recolhia as pontas de cigarro e fumava no banheiro. Sonhava com ele toda noite. Já me esqueci do sonho. Como ele era? Bobinho, sei o que está pensando. Moreno, baixo, bigodinho. Se mamãe me visitava no colégio, ele esperando lá fora. Pensei de mamãe morrer, fazia tudo que ele queria, era sua escrava. Não sei como não a matou quando gritava com ele. Afiando a navalha na cinta de couro e olhando quieto pelo espelho.

— Parece louca, Ema.

Que repetisse entre beijos — *Alceu, Alceu*. Uma noite, ao chamar o marido, diria o seu nome.

Antes de dormir, o marido alinha os sapatos. Na mesa de cabeceira o relógio, a carteira, as chaves, sempre na mesma ordem. Se ela esbarra no sapato ou desloca o relógio, ele põe a mão na cabeça: *Viu o que fez? Agora não posso dormir.*

Ema chorava: grande olho verde rolando pelo rosto. Enxugava-o, não parava de cair. No aniversário a filha de Nestor apontou com o dedo: *Aquela é...* Por isso fazia...

— Que você faz?

Não quis dizer, chorando no seu peito. Ah, deixa estar, sou um tipo imundo.

Desculpou-se da desordem no quarto, ela adorou. Um copo servia de cinzeiro, a roupa limpa na mala, a suja amontoada no canto. Ele pensava na menina, sentadinha na tampa da privada, molhando o dedo e folheando a revista.

— Não aguentava mais um dia.

Exigiu que a assinalasse.

— Ele não vê?

— Nunca me viu nua. Um porco. Só me procura para uma coisa.

Na despedida contou as pontas de cigarro no soalho.

— Nunca esquecerei este quarto, meu amor.

Abriu a porta, chamou a menina:

— Adeus para o moço. Que fazer com esta criatura?

Verinha doentia, olho machucado.

— Pidona. Veja o casaquinho dela.

Furiosa roía o casaco de lã, cada dia um pedaço maior.

A menina virou as costas. Ema quis beijá-lo. Ele não tirou o cigarro da boca.

As duas desceram a escada, risonhas e de mãos dadas.

Cemitério de Elefantes

À margem esquerda do rio Belém, nos fundos do mercado de peixe, ergue-se o velho ingazeiro — ali os bêbados são felizes. Curitiba os considera animais sagrados, provê as suas necessidades de cachaça e pirão. No trivial contentam-se com as sobras do mercado. Quando ronca a barriga, ao ponto de perturbar a sesta, saem do abrigo e, arrastando os pesados pés, atiram-se à luta pela vida. Enterram-se no mangue até os joelhos na caça ao caranguejo ou, tromba vermelha no ar, espiam a queda dos ingás maduros.

Elefantes malferidos, coçam as perebas, sem nenhuma queixa, escarrapachados sobre as raízes que servem de cama e cadeira. Bebem e beliscam pedacinho de peixe. Cada um tem o seu lugar, gentilmente avisam:

— Não use a raiz do Pedro.
— Foi embora, sabia não?
— Aqui há pouco...

— Sentiu que ia se apagar e caiu fora. Eu gritei: *Vai na frente, Pedro, deixa a porta aberta.*

À flor do lodo borbulha o mangue — os passos de um gigante perdido. João dispõe no braseiro o peixe embrulhado em folha de bananeira.

— O Cai n'Água trouxe as minhocas?

— Sabia não?

— Agora mesmo ele...

— Entregou a lata e disse: *Jonas, vai dar pescadinha da boa.*

Lá do sulfuroso Barigui rasteja um elefante moribundo.

— Amigo, venha com a gente.

Uma raiz no ingazeiro, o rabo de peixe, a caneca de pinga.

No silêncio o bzzz dos pernilongos assinala o posto de um e outro, assombrado com o farol piscando no alto do morro.

Distrai-se um deles a enterrar o dedo no tornozelo inchado. Puxando os pés de paquiderme, afasta-se entre adeuses em voz baixa — ninguém perturbe os dorminhocos. Esses, quando acordam, não perguntam aonde foi o ausente. E, se indagassem, para levar-lhe margaridas do banhado, quem saberia responder? A você o caminho se revela na hora da morte.

A viração da tarde assanha as varejeiras grudadas nos seus pés disformes. Nas folhas do ingazeiro reluzem lambaris prateados — ao eco da queda dos frutos os bêbados erguem-se com dificuldade e os disputam rolando no pó. O vencedor descasca o ingá, chupa de olho guloso a fava adocicada. Jamais correu sangue no cemitério, a faquinha na cinta é para descamar peixe. E, aos brigões, incapazes de se moverem, basta xingarem-se a distância.

Eles que suportam o delírio, a peste, o fel na língua, o mormaço, as câimbras de sangue, berram de ódio contra os pardais, que se aninham entre as folhas e, antes de dormir, lhes cospem na cabeça — o seu pipiar irrequieto envenena a modorra.

Da beira contemplam os pescadores mergulhando os remos.

— Um peixinho aí, compadre?

O pescador atira o peixe desprezado no fundo da canoa.

— Por que você bebe, Papa-Isca?

— Maldição de mãe, uai.

— O Chico não quer peixe?

— Tadinho, a barriga d'água.

Sem pressa, aparta-se dos companheiros cochilando à margem, esquecidos de enfiar a minhoca no anzol.

Cospe na água o caroço preto do ingá, os outros não o interrogam: presas de marfim que apontam o caminho são as garrafas vazias. Chico perde-se no cemitério sagrado, as carcaças de pés grotescos surgindo ao luar.

Este livro foi composto na tipologia Minion Pro
Regular, em corpo 13/19, e impresso em papel
off-set 90g/m^2 no Sistema Digital Instant Duplex
da Divisão Gráfica da Distribuidora Record.